¡Apúntate! 2

Cuaderno de ejercicios

Mit Audios und Erklärfilmen

Nivel avanzado

In der **Cornelsen Lernen App** findest du passend zu deinem **Cuaderno de ejercicios:**

- alle Audios
- alle Erklärfilme
- die Lösungen der *Talleres*
- die Lösungen der *Autocontroles*

Cornelsen

¡Apúntate! 2

Jetzt mit barrierefreiem Farbkonzept
Mehr Informationen auf *cornelsen.de/bf*

Lehrwerk für den Spanischunterricht
Cuaderno de ejercicios Nivel avanzado

Im Auftrag des Verlages erarbeitet von
Joachim Balser (Berlin), Heike Kolacki (Saarbrücken), Ulrike Lützen (Bremen), Gonzalo Rojas Cisternas (Teltow)

und der Redaktion Spanisch
Dr. Martin Fischer, Ute Gebel (Projektkoordination), Projektleitung: Cara Gaffrey

Illustrationen: Marina Pérez Luque, Marc Rueda, Rafael Broseta, Laurent Lalo
Umschlagfoto: stock.adobe.com/Ai

Umschlaggestaltung und Layoutkonzept: Rosendahl Berlin – Agentur für Markendesign

Layout und technische Umsetzung: graphitecture book & edition

www.cornelsen.de

Druck: Athesiadruck GmbH, Bozen

1. Auflage, 1. Druck 2025
Cuaderno de ejercicios Nivel avanzado
ISBN 978-3-06-123123-1

1. Auflage, 1. Druck 2025
Cuaderno de ejercicios Nivel avanzado Lehrkräftefassung
ISBN 978-3-06-123132-3

PEFC-zertifiziert
Dieses Produkt stammt aus nachhaltig bewirtschafteten Wäldern und kontrollierten Quellen
PEFC/18-31-166
www.pefc.de

Dein **Cuaderno de ejercicios** folgt genau der Reihenfolge deines Spanischlehrbuchs:
Du findest hier also die **Unidades 1–5** und die **Módulos 1–6**.
Was es sonst noch gibt, erfährst du hier:

¡Acuérdate! – Mit den vier Seiten **¡Acuérdate!** zur Wiederholung des Erlernten aus **¡Apúntate! 1** bereitest du dich auf **¡Apúntate! 2** vor.

12 – Hier kannst du eine Audiodatei anhören. Du gelangst über die Cornelsen Lernen App zu deinen Audios.

Im **Cuaderno** gibt es auch Aufgaben, die du mit einer anderen Person bearbeiten sollst. Oft sind es Rollenspiele oder Tandembögen. Diese findest du am Ende des Arbeitsheftes.

▶ Destrezas, p. 137/21 – Dieser Pfeil verweist dich auf dein Spanischbuch, hier auf die Seite 137 im Methodenteil, den **Destrezas**, und zwar Abschnitt 21: „selektives Hörverstehen“.

ERKLÄRFILM – Erklärfilme helfen dir auch im **Cuaderno**. Du findest sie in der Cornelsen Lernen App.

☆ Aufgaben, die mit einem hellen Stern gekennzeichnet sind, sind etwas einfacher.

★ Aufgaben mit einem dunklen Stern bieten dir mehr Herausforderungen.

Mi página – In jeder **Unidad** gibt es eine Seite für dich, auf der du gleich praktisch anwenden kannst, was du gelernt hast.

Taller – Außerdem gehört zu jeder **Unidad** ein **Taller**, also eine Werkstatt. In diesem Heft findest du drei **Talleres** zum Leseverstehen und zwei zum Sprechen.

Autocontrol – Schließlich findest du am Ende jeder **Unidad** Aufgaben zu Wortschatz und Grammatik, mit denen du deinen Lernstand selbst überprüfen kannst.

APP – Die Lösungen der **Talleres** und der **Autocontrol**-Seiten findest du in der Cornelsen Lernen App (siehe Seite 1).

Am Ende dieses Arbeitsheftes wartet wieder eine spannende Bild-Geschichte auf dich.

Lee el texto. – Auf der vorderen Umschlaginnenseite findest du eine Übersicht der Arbeitsanweisungen in den Aufgaben.

¿Qué? – Auf der hinteren Umschlaginnenseite gibt es Tipps zum Schreiben auf Spanisch mit dem Computer oder Tablet.

¡Acuérdate!

Vocabulario

1 **Haz el crucigrama. | Löse das Kreuzworträtsel.**

Vertical

1. En la [...] puedes comer helados muy buenos.
2. En las [...] encuentras de todo: cómics, comida, ropa...
3. Toda la gente queda en la [...].
4. En el [...] puedes comprar revistas o postales.
5. Hay que comprar la fruta y la verdura en el [...].
6. ¿Qué prefieres: el cine o el [...]?

Horizontal

7. En el [...] puedes descansar o patinar.
8. En la [...] no solo hay libros.
9. El lunes es un [...] de la semana.
10. Todos los alumnos van al [...].

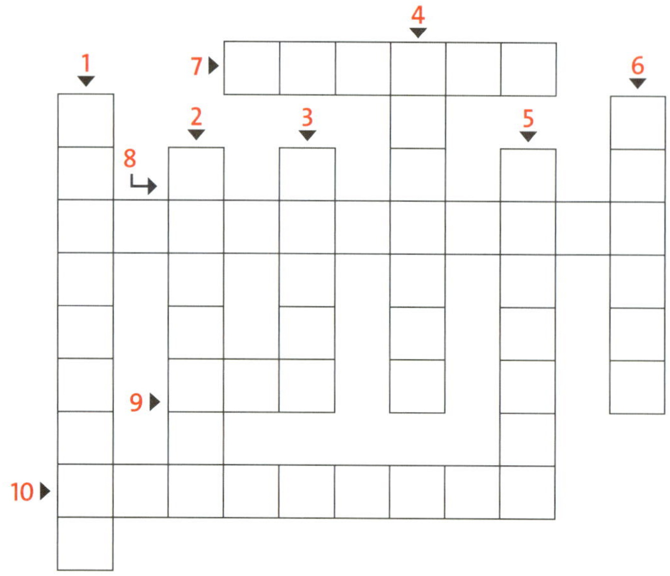

Verbos

2 **Ana cuenta de su fin de semana. Completa el texto con los verbos en -ar. | Ana berichtet von ihrem Wochenende. Ergänze die Formen der Verben auf -ar.**

El fin de semana siempre soy muy activa. El sábado por la mañana, ________________ (*trabajar*/yo) en la cafetería de mis padres. Después, mis amigos y yo ________________ (*participar*/nosotros) en un proyecto de reciclaje. Por la tarde, ________________ (*pasear*/yo) por el parque con mi perro. Se ________________ (*llamar*/él) Loli y es muy divertido. Luego, mi amiga y yo ________________ (*practicar*/nosotras) pasos de baile. A veces, mis amigas ________________ (*tomar*/ellas) algo en nuestra cafetería y yo ________________ (*preparar*) bocadillos.

¿Vosotros también ________________ (*practicar*) pasos de baile? ¿________________ (*participar*/vosotros) en proyectos interesantes?

El domingo, mi familia y yo ________________ (*visitar*/nosotros) a los abuelos. Una vez al mes, mis primos también ________________ (*visitar*/ellos) a los abuelos. Entonces ________________ (*pasar*/nosotros) tiempo juntos: yo ________________ (*tocar*) la guitarra. ¿Tú también ________________ (*tocar*) un instrumento?

3 a Busca diez verbos en -ir y -er en la sopa de letras y apúntalos. | Finde zehn Verben auf -ir und -er in der Buchstabensuppe und schreibe sie auf.

C	C	U	M	P	L	I	R
G	O	B	E	B	E	R	A
N	M	U	S	N	E	E	P
O	P	R	C	L	R	S	R
D	A	O	R	O	E	C	E
F	R	I	I	T	E	O	N
L	T	B	B	Q	U	N	D
V	I	V	I	R	G	D	E
I	R	C	R	Z	Y	E	R
R	S	C	O	M	E	R	E
D	I	S	C	U	T	I	R

beber ____________ ____________

____________ ____________

____________ ____________

____________ ____________

____________ ____________

3 b Completa las frases con verbos de 3a. | Vervollständige die Sätze mit Verben aus Übung 3a.

1. [Yo] ____________ un bocadillo.
2. [Tú] ____________ con los amigos.
3. Álex ____________ inglés.
4. [Nosotros] ____________ en una ciudad.
5. ¿[Vosotras] ____________ agua o zumo?
6. Pau e Ismael ____________ fotos.

4 a ¡Tienes un mensaje de Luis, de vuestra clase de intercambio! Complétalo con los verbos en -ir y -er. | Du hast eine Nachricht von Luis aus eurer Austauschklasse! Ergänze sie mit den Verben auf -ir und -er.

Hola, ¿qué tal? Hoy respondo a vuestras preguntas. ____________ (*vivir*/yo) con mi familia en Salamanca. Mis abuelos ____________ (*vivir*/ellos) en Madrid. Con mi hermano Fran ____________ (*compartir*/nosotros) habitación. A veces, ____________ (*discutir*/nosotros), pero también ____________ (*hacer*/nosotros) muchas cosas juntos.

Cada mañana ____________ (*beber*/yo) un zumo y ____________ (*comer*/yo) un bocadillo. En el instituto ____________ (*aprender*/nosotros) inglés y alemán. A la una y media ____________ (*comer*/nosotros) en la cafetería del insti. Por la tarde ____________ (*escribir*/yo) mensajes y chateo con mi pandilla. También ____________ (*leer*/yo) cómics y ____________ (*ver*/yo) series. Y tú, ¿qué ____________ (*hacer*/tú) en tu tiempo libre? ¿Qué ____________ (*leer*/tú)? ¿También ____________ (*ver*/vosotros) series en Alemania?

4 b **Contesta el mensaje de Luis (4a) y cuéntale sobre ti. Escribe por lo menos cinco frases en tu cuaderno. | Antworte Luis (4a) und erzähle ihm von dir. Schreibe mindestens fünf Sätze in dein Heft.**

5 **Completa la descripción de la habitación con las formas correctas de los verbos ser, estar y haber (hay). | Vervollständige die Beschreibung des Zimmers mit den passenden Formen von ser, estar und haber (hay).**

Vergiss nicht: hay steht nie mit dem bestimmten Artikel!

Esta ____________ la habitación de Claudia y Valentina. ____________ dos hermanas de Sevilla. En su habitación ____________ dos camas, un escritorio y una silla. La silla ____________ delante del escritorio. En la pared, encima del escritorio ____________ la estantería. Los libros de Valentina ____________ en la estantería. La táblet de Claudia ____________ en el escritorio. En la habitación también ____________ una ventana muy grande. ¿Te gusta la habitación de las chicas?

6 **Completa las tablas con las formas de los verbos con cambio vocálico. | Ergänze die Tabellen mit den Formen der Verben mit Vokalwechsel.**

	volver	preferir
[yo]	____________ a casa.	____________ Inglés.
[tú]	____________ del insti.	____________ Música.
[él/ella]	____________ de la heladaría.	____________ Educación Física.
[nosotros/-as]	____________ a la tienda de cómics.	____________ Artes Plásticas.
[nosotros/-as]	____________ del mercado.	____________ Lengua.
[ellos/ellas]	____________ al parque.	____________ Física y Química.

7 **Completa el diálogo entre las chicas con las formas correctas de los verbos con cambio vocálico: querer, preferir, tener, entender y poder. | Vervollständige den Dialog der Mädchen mit den passenden Formen der Verben mit Vokalwechsel: querer, preferir, tener, entender und poder.**

Denke daran, dass diese Verben in der 2. und 3. Person Plural den Stammvokal beibehalten. Und vergiss nicht, dass die 1. Person Singular von tener unregelmäßig ist.

Nora: Hola Lili, hola Álex, ¿____________ (*querer*/vosotras) ir al cine el viernes?

Lili: Claro, ____________ (*querer*/yo) ir, pero no ____________ (*poder*/yo) porque ____________ (*tener*/yo) que estudiar para el examen de Geografía.

Álex: Yo tampoco ____________ (*poder*/yo) porque ____________ (*tener*/yo) que ayudar a mi madre en casa.

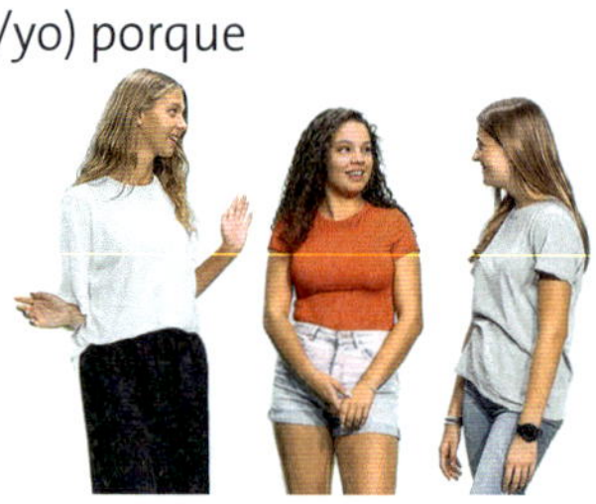

Nora: Claro, __________ (*entender*/yo). ¿Y el sábado? ¿__________ (*poder*/vosotras) ir o

también __________ (*tener*/vosotras) que hacer algo importante?

Lili: Bueno, el sábado por la mañana __________ (*querer*/nosotros) ir de compras con mi padre, pero

por la tarde sí __________ (*poder*/yo). Y tú, Álex, ¿__________ (*tener*/tú) algo que hacer?

Álex: No, el sábado por la tarde también __________ (*tener*/yo) tiempo.

Nora: ¡Genial! ¿Y qué película __________ (*preferir*/vosotras), algo divertido o una peli de acción?

Lili: Yo __________ (*preferir*/yo) una peli divertida. Álex, tú, ¿qué __________ (*preferir*/tú)?

Álex: Bueno, yo __________ (*querer*/yo) ver una de acción.

Nora: __________ (*poder*/nosotras) ir a ver la nueva de «Piratas del Caribe», es divertida y de acción.

Adjetivos

8 **Combina los adjetivos con los sustantivos. Apunta todas las posibilidades. | Kombiniere die Adjektive mit den Substantiven. Schreibe alle korrekten Kombinationen auf.**

divertido • maja • inteligente • buenos • importante • aburrida • grandes • pequeños • interesante • geniales

un amigo __________

una vecina muy __________

un libro __________

una asignatura __________

fiestas __________

animales __________

una película bastante __________

Preguntas

9 **Preguntas con dónde, adónde, quién/es, qué, por qué, cuál. Relaciona las respuestas con las preguntas. | Fragen mit dónde, adónde, quién/es, qué, por qué, cuál. Verbinde die Fragen mit den Antworten.**

1. ¿De dónde es Pau?
2. ¿Quiénes son estas chicas?
3. ¿Quién es ella?
4. ¿Por qué estudias alemán?
5. ¿Qué quieres comer el domingo?
6. ¿Adónde vas a ir de vacaciones?
7. ¿Cómo se llama tu padre.
8. ¿Cuál es tu día favorito de la semana?

a. Porque me gustan los idiomas.
b. A Bilbao, al País Vasco.
c. Es la madre de Álex.
d. Son las amigas de Nora.
e. Se llama Antonio.
f. Tortilla y ensalada.
g. Es el miércoles.
h. Es de Valencia.

Mi fin de semana

1 **Escribe las actividades debajo de las fotos. | Schreibe die Aktivitäten unter die Fotos.**

ir en bicicleta • patinar • pasear al perro • nadar • sacar fotos • dibujar

___________ ___________ ___________

___________ ___________ ___________

2 **Relaciona y escribe nueve frases. | Verbinde und schreibe neun Sätze.**

[yo]			pie
[tú]			Internet
Pau	*ir (5x)*	a	compras
Lili	*navegar*	al	piragua
Nora	*pasear*	de	la piscina
[nosotras]	*montar*	en	perro
[vosotros]	*jugar*		fútbol/baloncesto/pádel
Álex e Ismael			caballo
Mis padres			bici (de montaña)

Lerne die Aktivitäten am besten immer zusammen: **navegar en Internet**, **pasear al perro** usw.
▶ Destrezas, p. 135/12

Lili pasea al perro.

★ 3 a ¿Cómo es el fin de semana perfecto para los jóvenes? Escribe una frase por persona (libro, pp. 12/13). | Wie sieht das perfekte Wochenende der Jugendlichen aus? Schreibe einen Satz pro Person (Buch, S. 12/13).

Pau: *El sábado visita a sus abuelos. Toca* ______

Nora: ______

______

Lili: ______

______

Ismael: ______

______

Álex: ______

______

3 b ¿Cómo es tu fin de semana perfecto? Escribe por lo menos tres frases. | Und wie sieht dein perfektes Wochenende aus? Schreibe mindestens drei Sätze.

En mi fin de semana perfecto... ______

______

______

4 (2) Escucha lo que dicen los jóvenes y marca la respuesta correcta. | Höre, was die Jugendlichen sagen, und kreuze die richtige Antwort an. ▶ Destrezas, p. 137/21

1. Este fin de semana, Pau...
   a. ☐ va a patinar.
   b. ☐ cumple 14 años.
   c. ☐ va al cumpleaños de Álex.
   d. ☐ come una pizza con su padre.
2. Hoy, Lili...
   a. ☐ pasea a su perro.
   b. ☐ va a la piscina para nadar.
   c. ☐ va a la playa con sus amigas.
   d. ☐ toma el sol y escucha música.
3. Este domingo, Ismael...
   a. ☐ va al cumpleaños de Álex.
   b. ☐ va al cine con su hermano.
   c. ☐ pasa tiempo con Nora y Lili.
   d. ☐ va en bicicleta por el parque del Retiro.
4. Los fines de semana, Nora...
   a. ☐ hace deporte.
   b. ☐ escucha música.
   c. ☐ va a bailar con su hermana.
   d. ☐ hace música con su hermana.
5. El sábado, Álex...
   a. ☐ va a jugar al baloncesto.
   b. ☐ va al cumpleaños de Pau.
   c. ☐ tiene una fiesta en casa de una amiga.
   d. ☐ va a jugar al fútbol y hacer una fiesta en el parque.

¿Qué estás haciendo?

Comprender el texto

1 **¿Qué están haciendo? Relaciona las fotos con las frases. Apunta la letra correcta. | Ordne die Sätze den Fotos zu. Schreibe den passenden Buchstaben auf.**

a. Los amigos están charlando en el parque.

b. La pandilla está llamando a Pau.

c. Está haciendo *plogging* en la playa.

d. Están haciendo deporte en el parque.

e. Está mirando el móvil.

f. Están pensando en ir a la piscina el domingo.

¡Acuérdate!

☆ **2** **Completa el mensaje de Pau con las formas del verbo estar. | Vervollständige Paus Nachricht mit den Formen von estar.**

Hola, chicas:

______________ (yo) en Valencia con mi madre.

Hoy ______________ (nosotros) en la playa. Muchos de mis amigos también ______________ aquí.

Y vosotros, ¿dónde ______________ en este momento? Tú, Álex, ¿______________ con tus *influencers* favoritas? Y Lili, ¿______________ (ella) en otra excursión en bici, como siempre? 😄

Bueno, gente, vuelvo mañana, un beso, chao.

Practicar

★ **3** **Escribe las formas del verbo estar en el orden correcto y completa el «paquete del gerundio». | Schreibe die Formen des Verbs estar in der richtigen Reihenfolge auf und vervollständige das „Gerundio-Paket“.**

ERKLÄRFILM

► Gramática, p. 25

[yo]	______		nadar → nadando
[tú]	______		comer → comiendo
[él/ella]	______		escribir → escribiendo
[nosotros/nosotras]	______	+	leer → leyendo
[vosotros/vosotras]	______		ir → yendo
[ellos/ellas]	______		poder → pudiendo

Du kennst eine ähnliche Verbform aus dem Englischen, die Verlaufsform bzw. *Present progressive*. Im Deutschen kannst du diese Verbform auf verschiedene Weise übersetzen:

No tengo tiempo, estoy haciendo deberes.	*Ich habe keine Zeit, ich mache gerade Hausaufgaben.* *I don't have time, I'm doing my homework.*
Son las dos de la tarde. Laura está comiendo.	*Es ist 14:00 Uhr. Laura ist beim Essen.* *It's two p.m. Laura is having lunch.*

4 **¿Qué están haciendo? Escribe frases. | Was machen die Leute? Schaue das Bild an und schreibe Sätze.**

María y Virginia están patinando.

______

______

______

______

______

______

5 Dibuja actividades y escribe frases con estar + gerundio. | Zeichne Aktivitäten und schreibe Sätze mit estar + gerundio.

6 ¿Qué puedes hacer en estos lugares? ¡Apúntalo como en el ejemplo! | Was kannst du hier alles tun? Schreibe es auf wie im Beispiel.

Ejemplo: En la biblioteca puedes leer libros, escuchar música y…

Escuchar

7 (Audio 3) **Escucha y marca los dibujos correctos. | Höre zu und kreuze die passenden Bilder an.** ▶ Destrezas, p. 137/20

1

2

3

4

Escribir

8 **Escribe un mensaje de texto a la pandilla de Madrid y cuenta en cinco frases lo que estás haciendo. | Schreibe eine Textnachricht an die Freunde aus Madrid und erzähle in fünf Sätzen, was du gerade machst.**

____

____

____

____

____

____

____

Hablar

9 **¡A jugar! Jugad a las pantomimas. A hace una actividad y B adivina. | Spielt zu zweit Pantomime. A spielt eine Aktivität vor und B errät sie. Wechselt euch ab.**

comer un helado • *sacar* fotos • *descansar* • *escuchar* música • *beber* un zumo • *ver* una película • *escribir* un mensaje • *correr* • *tocar* la guitarra • *nadar* • *pasear* al perro • *bailar* • *comprar* un libro • *limpiar* la bici • *leer* una revista • *abrir* la puerta • *llamar* a alguien

10 **Haced el tándem en la p. 94. | Bearbeitet den Tandembogen auf S. 94.**

Adiós a las vacaciones

Comprender el texto

ERKLÄRFILM

1 a **Lee el texto ¡Buen fin de semana! (p. 20 en el libro) y subraya los finales de frases correctos. | Lies den Text ¡Buen fin de semana! (S. 20 im Buch) und unterstreiche jeweils das richtige Satzende.**

☐	Los chicos llevan mochilas y...	gafas del sol. • toallas. • libros.
☐	Al mediodía, comen bocadillos, ...	helado y fruta. • golosinas y helado. • fruta y golosinas.
1	La pandilla quiere ir a la piscina...	el sábado. • el domingo. • el fin de semana.
☐	Este día hace...	mal tiempo. • buen tiempo. • frío.
☐	Nora mira los horarios del autobús...	en el móvil. • en su agenda. • en el quiosco.
☐	Los amigos van al parque acuático...	en bici. • en coche. • en bus.
☐	Llegan al parque...	a las 9:00. • a las 10:00. • a las 11:00.
☐	En una competición en la piscina, ...	Ismael gana. • Lili gana. • Álex gana.
☐	Por la tarde, Pau juega a las cartas...	con Lili y Álex. • con Nora. • con Ismael.
☐	En septiembre, el autobús sale...	a las 20:15. • a las 18:45 • a las 19:45.

1 b **Ordena ahora las frases de 1a y escribe el resumen de la excursión de la pandilla. | Ordne nun die Sätze von 1a und schreibe die Zusammenfassung des Ausflugs der Freunde in der richtigen Reihenfolge.**

1. La pandilla quiere ir a la piscina

¡Acúerdate!

2 **¿Qué (no) te gusta? Escribe tres frases en singular y tres en plural. | Was gefällt dir (nicht)? Schreibe drei Sätze im Singular und drei im Plural.**

Achtung! **gustar** bezieht sich wie „gefallen" auf die Personen, Sachen oder Aktivitäten, die einer Person gefallen und wird deshalb im Singular oder Plural an diese angepasst.

A mí me gusta nadar.
A Paula le gustan los cómics.
A los chicos les gusta el cine.

A mí (no) me gusta...
A mí (no) me gustan...

mi familia • hacer senderismo • ir a la playa • las montañas • mis amigos • el fútbol • dibujar • charlar • ir a la piscina • hacer deporte • el camping • los perros • los gatos • mi instituto • hacer rutas en bici • hacer manualidades • el fin de semana • las vacaciones • mis profesores • mi casa • [...]

Practicar

3 **Escribe frases con estos elementos. Tienes que conjugar los verbos traer y jugar. | Bilde Sätze mit diesen Satzteilen und konjugiere dabei die Verben traer und jugar.** ▶ Gramática, p. 25

1. Ismael • bocadillos de tortilla • *traer*

Ismael trae

2. para los amigos • *traer* • Álex y Lili • helado

3. *jugar* • todos los amigos • parque acuático • en el

4. Pau: [yo] • al fútbol • los fines de semana • *jugar*

5. Nora: porque • *traer* [yo] • *ser* [yo] • no • bocadillos de jamón • vegetariana

4 **Forma parejas y escribe frases. | Bilde passende Paare und schreibe Sätze.**

la piscina • el helado • la pelota • las cartas • la entrada • el mar

el cine • jugar • la heladería • el fútbol • nadar • las olas

Voy a nadar en la piscina.

5 Nos gustan muchas cosas. Completa con **me**, **te**, **le**, **nos**, **os**, **les** y contesta las preguntas. | Uns gefallen viele Dinge. Vervollständige mit **me**, **te**, **le**, **nos**, **os**, **les** und beantworte die Fragen.

1

A mí ______ gusta mucho escuchar música hip hop, ¿y a ti? ¿Qué te gusta escuchar?

A mí, ____________________

2

A nosotras ______ gusta hacer carreras y ganar. ¿Y a ti?

____

3

A Ismael y a Nora ______ gusta hacer excursiones en bici. ¿Y a vosotros?

____

Escuchar

4 **6 a** ¡Este soy yo! Escucha la presentación de un chico de intercambio. Marca los dibujos correctos. | Das bin ich! Höre die Vorstellung eines Austauschschülers und kreuze die passenden Bilder an. ▶ Destrezas, p. 137/21

1

☐

2

☐

3

☐

4

☐

5

☐

6

☐

4 **6 b** Vuelve a escuchar y corrige estas frases falsas. | Höre noch einmal zu und korrigiere diese falschen Sätze.

1. Tomás vive con su padre, un hermano y una hermana.

____

2. Sus asignaturas favoritas son Geografía y Física.

____

3. Le gusta ir a bailar con sus amigos.

____

____

6 c Habla con un/a compañero/-a: ¿Es Tomás una buena pareja de intercambio para ti? ¿Por qué (no)? | Sprich mit jemandem aus deiner Klasse: Ist Tomás ein passender Austauschpartner für dich? Warum (nicht)?

Escribir

7 Ayúdale a tu mejor amigo/amiga a conocer jóvenes en España. Escribe un mensaje en tu cuaderno y presenta a esa persona. ¿Cómo es? ¿Cuáles son sus fuertes? ¿Qué (no) le gusta hacer? | Hilf deinem besten Freund oder deiner besten Freundin, Jugendliche in Spanien kennenzulernen. Schreibe eine Nachricht in dein Heft und stelle ihn/sie vor: Wie ist er/sie? Was sind seine/ihre Stärken? Was macht er/sie (nicht) gern?

Pronunciación

Wenn zwei Vokale zusammen eine Silbe bilden, nennt man das einen Diphthong. Im Spanischen gibt es viele solcher Doppellaute: **puer-ta**, **fies-ta**. Du kennst das auch aus dem Deutschen: Au-to, heu-te, Stei-ne usw. Die beiden Vokale in so einem Doppellaut darfst du nicht trennen, weder beim Schreiben noch beim Sprechen.

8 a Separa las sílabas de estas palabras como en el ejemplo. ¡Presta atención a los diptongos! | Trenne die Silben dieser Wörter wie im Beispiel. Achte auf die Doppellaute!

Ejemplo: bai|lar Eu|ro|pa ciu|dad ge|nial

aula · autobús · piragua · agua · cuaderno

bueno · respuesta · puerta · jueves · juego

tienda · tradicional · fiesta · siempre

quiosco · rubio · curiosa · especial · familia · genial

veinte euros · seis tiendas · siete piraguas · cuatro manualidades

Achtung: Die Doppellaute werden auf Spanisch oft anders ausgesprochen als auf Deutsch.
euro ['euro] ≠ Euro ['ɔɪro]

8 b (5) Escucha las palabras y repítelas. | Höre nun die Wörter und sprich sie nach.

9 a (6) Lee y escucha el trabalenguas. | Lies und höre den Zungenbrecher.

–Cuéntame un cuento, ¿quieres?
–¿Cuántos cuentos quieres que te cuente?
–Cuarenta y cuatro cuentos quiero que me cuentes cuando quieras[1].

1 **Cuarenta y cuatro cuentos quiero que me cuentes cuando quieras.** Ich will, dass du mir vierundvierzig Geschichten erzählst, wann du willst.

9 b ★ Practicad el trabalenguas. ¿Quién lo hace más rápido? | Übt den Zungenbrecher. Wer kann es am besten?

Hablar

10 Haced el juego de rol (pp. 99/100). | Macht das Rollenspiel (S. 99/100).

1 Taller

facultativo

1 **Wenn du einen Text liest, überlege zuerst, um welche Textsorte es sich handelt. Schaue dir diese Textausschnitte an und ordne sie der passenden Textsorte zu. Du brauchst nicht alles zu verstehen.**

1 Gedicht (un poema) | 2 Zeitungsartikel (un artículo) | 3 Erzählung (un cuento) | 4 Textnachricht (un mensaje de texto) | 5 Tagebuch (un diario) | 6 Comic (un cómic)

☐
–¡Alto! –dice el policía– Por aquí no vas a pasar.
–Pero, ¿por qué? –pregunta el joven– ¿Por qué no puedo entrar?
Los dos están en la puerta del parque del barrio, cerca del quiosco.
Algo está pasando en el parque, pero el joven no puede ver qué…

☐
En mi casa hay un patio
muy particular
cuando llueve se moja
y se vuelve a secar.

☐
5 de julio
Hoy es martes, el día más terrible de la semana,
¡tenemos Geografía con el señor Jiménez!
Él a mí no me quiere. No entiendo sus preguntas.
Y luego está Marina, la listilla de la clase…

☐

☐
NUEVA PISCINA PARA VILLANUEVA

Zamora. En Villanueva del Campo quieren construir una nueva piscina municipal. Los vecinos la reclaman desde hace diez años. El presupuesto inicial es de 7,7 millones de euros, pero…

☐
ClaraSol
¿Hoy a las 9 en el insti?
¡Tengo los deberes de Mates!
TQM ❤
15:18

2 **Diese Elemente geben dir Informationen zur Textsorte und zum Inhalt des Textes. Welche haben dir hier geholfen? Kreuze an.** ▶ Destrezas, p. 137/24

☐ Fotos, Bilder, Illustrationen
☐ Überschriften
☐ das Format und die Länge des Textes
☐ die Schriftgröße
☐ der Schreibstil / die Wortwahl
☐ der Aufbau / die Struktur des Textes

3 a **Einer der Texte in 1 stammt aus einem Roman. In welcher Gattung würdest du den Text einordnen?**

☐ Liebesroman (*novela de amor*)
☐ Kriminalroman (*novela policíaca*)
☐ Fantasyroman (*novela de fantasía*)
☐ Historischer Roman (*novela de historia*)

3 b **Worauf gründet sich deine Entscheidung von 3a?**

____

4 **Ein weiterer Text ist ein Zeitungsartikel. Worum geht es darin? Schreibe die Schlüsselwörter heraus.**

____

____

5 **Was für eine Textsorte ist das? Woran erkennst du es? Sieh dir alle Bestandteile des Textes an.**

A

Nora
Hola Ismael, ¿q haces esta tarde? 14:33

Ismael
Esta tarde voy a la piscina, ¿vienes? 14:34

Nora
Ahora estoy haciendo deberes, pero + tarde, sí 😆
¿Dónde quedamos? 14:34

Ismael
¿En la parada de autobuses a las 5 de la tarde? 14:35

Nora
👍 Hasta luego. 14:35

Bei diesem Text handelt es sich um

____

Ich habe es an diesen Hinweisen erkannt:

____

____

B

Ahora sí: ¡fin de semana!

¡Por fin! Es sábado 15 de mayo y hace muy buen tiempo en Madrid. A las 10 de la mañana los chicos y chicas de la pandilla ya están en la plaza al lado de su instituto para pasar un día de fiesta en la Pradera de San Isidro.

Diez minutos después ya van juntos en el autobús y hablan sobre las actividades del programa de fiestas de este año.

Poco después, la pandilla ya está en la pradera. Son casi las 11 de la mañana, pero ya hay bastantes personas, sobre todo familias con niños pequeños que van a los talleres o participan en los juegos tradicionales. También hay muchas atracciones y casetas con productos típicos.

(Manuel Vila Baleato *Y, ¿dónde está Pau?, 2024*)

Bei diesem Text handelt es sich um

eine Erzählung / eine Geschichte.

____

Ich habe es an diesen Hinweisen erkannt:

____

____

____

6 **Comprensión global:** Lee el extracto de texto **B** del ejercicio **5** y contesta las preguntas. | **Globales Leseverstehen:** Liest den Textausschnitt **B** der Aufgabe **5** und beantworte die „W-Fragen". ▶ Destrezas, p. 138/26

¿Quién? ____________________

¿Cuándo? ____________________

¿Qué? ____________________

¿Dónde? ____________________

¿Por qué? ____________________

1 Mi página

facultativo

Conozco estos medios de transporte. | Diese Fortbewegungsmittel kenne ich.

ir en...

- *ir a pie* ❗

Ya conozco estas actividades. | Diese Freizeitaktivitäten kenne ich schon.

Actividades en casa

Actividades al aire libre

😄 Los fines de semana, normalmente,

#MiFindePerfecto:

En las vacaciones, me gusta

Yo soy buen/buena

Mi fuerte es

APP ▶ Soluciones

facultativo

Gramática

1 **El gerundio: Escribe frases con gerundio para cada dibujo. | Schreibe einen Satz mit gerundio für jedes Bild.**

2 **El pronombre de complemento indirecto + gustar: Completa con me, te, le, nos, os, les + gustar. | Ergänze me, te, le, nos, os, les und die passende Form von gustar.**

A Lili e Ismael ______________ mucho leer. A mi amiga Álex ______________ el fútbol. A Pau también ______________ hacer deporte. A mí ______________ escuchar música. Y a nosotros ______________ bailar. Y a ti, ¿qué ______________? ¿Qué ______________ (a vosotros) hacer el fin de semana?

3 **Buen/bueno/buena y mal/malo/mala: Completa con las formas correctas de los adjetivos buen/o/a [+] y mal/o/a [-]. | Ergänze die passenden Formen der Adjektive buen/o/a [+] und mal/o/a [-].**

Hoy no es un ______________ [-] día para ir al parque: hace muy ______________ [+] tiempo. Ismael tiene una ______________ [+] idea: jugar a las cartas. Él es bastante ______________ [-] jugador, pero es ______________ [+] perdedor. Lili y Nora son ______________ [+] jugadoras, pero Álex es bastante ______________ [-] jugadora.

4 **El verbo jugar: Completa con las formas correctas de jugar. | Ergänze die passenden Formen von jugar.**

–Por la tarde, ______________ (yo) a la pelota. Y tú, ¿______________ con el perro en el parque?

Álex ______________ al fútbol con su hermana Lola. Pau e Ismael ______________ al baloncesto.

–¿Vosotras ______________ al pádel? –No, nosotras ______________ a las cartas.

5 **El verbo traer: Completa con las formas correctas de traer. | Ergänze die passenden Formen von traer.**

Álex: ______________ (yo) fruta para el pícnic. Lili, ¿qué ______________ tú?

Lili: ______________ (yo) golosinas y agua. Pau e Ismael, y vosotros, ¿qué ______________?

Ismael: Nosotros ______________ bocadillos de tortilla. Y Nora ______________ zumo.

APP ▶ Soluciones

¿Qué te pones hoy?

Vocabulario

1 **Escribe los colores debajo de las imágenes. | Schreibe die Farben unter die Bilder.**

negro/-a • blanco/-a • gris • amarillo/-a • rojo/-a • rosa • naranja • azul • verde • marrón

Einige Farbnamen im Spanischen ändern sich überhaupt nicht: **naranja**, **rosa**. Andere haben nur jeweils eine Form für Singular und Plural: **marrón-marrones**, **azul-azules**, **verde-verdes**, **gris-grises**.

2 **Apunta los nombres de la ropa. | Schreibe die Namen der Kleidungsstücke unter das passende Bild.**

la camiseta • el jersey • las zapatillas de deporte • el gorro • los pantalones de chándal • ~~el vestido~~ • los zapatos • la camisa • los vaqueros • el abrigo • la chaqueta • la gorra • la bufanda • la falda • las botas • el uniforme

1  2  3 

1 el vestido

Practicar

3 **Mañana hay una fiesta de «mal gusto». ¿Qué te vas a poner? Combina y escribe cinco frases. | Morgen gehst du zu einer Party des „schlechten Geschmacks". Was wirst du anziehen? Kombiniere und schreibe fünf Sätze in dein Heft.**

Ejemplo: DFG → Me pongo los pantalones blancos, los zapatos verdes y la camiseta roja.

A

B

C

D

E

F

G

H

I

K
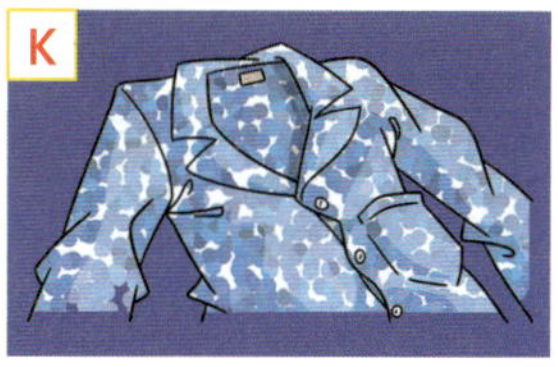
L

M

ERKLÄRFILM **4** **¿Qué tiempo hace? Apúntalo al lado de los dibujos. | Wie ist das Wetter? Schreibe es neben die Bilder.**

hacer sol • *llover* • *hacer* calor • *hacer* mal tiempo • *hacer* frío • *hacer* buen tiempo

1

En Madrid ______ hace sol.

2

En los Pirineos ______

3
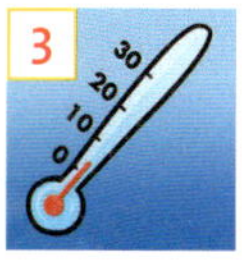

En Hamburgo ______

4

En Granada ______

5

En Galicia ______

6

En Valencia ______

Escuchar

07 **5** **Escucha los mensajes y marca las respuestas correctas.** ▶ Destrezas, p. 137/21

1. Lili se pone...
   a. ☐ su vestido blanco y la camiseta azul.
   b. ☐ su falda azul y una camiseta blanca.
   c. ☐ su falda blanca y una camiseta azul.
2. Nora se pone...
   a. ☐ su falda verde.
   b. ☐ su vestido verde.
   c. ☐ su vestido negro.
3. Pau se pone...
   a. ☐ su chaqueta y un jersey gris.
   b. ☐ un jersey y su chaqueta gris.
   c. ☐ un jersey y su chaqueta roja.
4. Ismael se pone...
   a. ☐ un jersey rojo.
   b. ☐ su chaqueta gris.
   c. ☐ su chaqueta roja.

Las actividades extraescolares favoritas

1 **Encuentra 20 actividades extraescolares en la sopa de letras y apúntalas con el artículo.**

A	A	R	T	E	S	R	E	B	O	B	H
E	I	L	E	C	T	U	R	A	L	A	U
V	W	O	N	L	B	A	I	L	E	L	E
U	N	D	I	A	S	F	C	O	R	O	R
G	A	Q	S	J	U	D	O	N	M	N	T
I	T	M	U	S	I	C	A	M	B	C	O
M	A	N	U	A	L	I	D	A	D	E	S
N	C	F	U	T	B	O	L	N	R	S	T
A	I	D	I	O	M	A	S	O	V	T	G
S	O	N	W	X	T	E	A	T	R	O	C
I	N	F	O	T	O	G	R	A	F	I	A
A	E	S	C	R	I	T	U	R	A	Z	G
P	A	R	T	I	C	U	L	A	R	E	S
P	R	O	G	R	A	M	A	C	I	O	N

____

____

____

____

____

____

____

____

____

____

el club de _____________________

el club de _____________________

_____________________ *escolar*

_____________________ *moderno*

las artes _____________________

la escuela de _____________________

las clases de _____________________

____

las clases _____________________

_____________________ *y la robótica*

2 **Lee lo que dicen estos jóvenes y apunta dos o tres actividades extraescolares para ellos.**

1

Soy Sofía. Me gustan los libros, leer y escribir. También me gusta la música. Tengo problemas en Francés.

____

____

2

Me llamo Natalia. Me interesa mucho la informática, el arte y la fotografía. No me gustan nada las manualidades.

____

____

3

Somos Pablo e Iker. Ya hacemos mucho deporte juntos. Nos gusta la música, pero no cantar. ¿Qué podemos hacer?

____

____

3 (Audio 8) **¿Qué actividades extraescolares hacen los chicos? Escucha y apunta la actividad.** ▶ Destrezas, p. 137/20

1. ______________________ 5. ______________________

2. ______________________ 6. ______________________

3. ______________________ 7. ______________________

4. ______________________ 8. ______________________

4 a (Audio 9) **Escucha los resultados de la encuesta[1] sobre las extraescolares favoritas de tres institutos en la provincia de Cádiz y apunta los resultados.** ▶ Destrezas, p. 137/21

1 la encuesta *die Umfrage*

IES San Severiano	IES Poeta García Gutiérrez	IES Las Salinas
1. ____________	1. ____________	1. ____________
2. ____________	2. ____________	2. ____________
3. el flamenco, ______	3. ____________	3. ____________
4. ____________	4. ____________	4. ____________
5. ____________	5. ____________	5. ____________

4 b (ERKLÄRFILM) **¿Y cuáles son tus cinco actividades preferidas? Completa las frases.** ▶ Gramática, p. 45

Mi *quinta* ________ (5ª) actividad preferida es ______________________.

En ________ (4°) lugar prefiero ______________________.

En ________ (3er) lugar me gusta ______________________.

Mi ________ (2ª) actividad preferida es ______________________.

En ________ (1er) lugar me gusta muchísimo ______________________.

Extraescolares: ¿Cómo organizas tu tiempo?

Comprender el texto

1 **Lee el texto (libro, p. 36) y decide si la frase es correcta o falsa. Corrige las frases falsas.**

1. Todos los años, los alumnos eligen actividades extraescolares en las primeras semanas de clase.
☐ Correcto ☐ Falso
Corrección: ______________________________

2. Ismael no quiere participar en ninguna actividad porque las extraescolares no le interesan.
☐ Correcto ☐ Falso
Corrección: ______________________________

3. A Ismael le interesa el club de lectura porque le gusta mucho leer. ☐ Correcto ☐ Falso
Corrección: ______________________________

4. Ismael no quiere hacer ninguna actividad deportiva este año. ☐ Correcto ☐ Falso
Corrección: ______________________________

5. Lili va a tener actividades extraescolares casi todos los días. ☐ Correcto ☐ Falso
Corrección: ______________________________

6. Lili piensa que este curso es fácil porque hay pocas asignaturas nuevas. ☐ Correcto ☐ Falso
Corrección: ______________________________
____

7. Lili piensa que no va a tener tiempo para descansar. ☐ Correcto ☐ Falso
Corrección: ______________________________

8. Pau quiere llenar su tiempo libre con muchas actividades extraescolares. ☐ Correcto ☐ Falso
Corrección: ______________________________

9. Este trimestre, Pau va a ensayar los lunes con la banda del instituto. ☐ Correcto ☐ Falso
Corrección: ______________________________

10. El próximo trimestre, Pau va a participar en el club de ajedrez. ☐ Correcto ☐ Falso
Corrección: ______________________________
____

Practicar

2 **Completa el diálogo entre Manuel y Lara con las formas correctas del verbo elegir.** ▶ Los verbos, p. 151/3.2

Lara: ¿Qué actividad extraescolar ________________ tú este año?

Manuel: Este trimestre ________________ (yo) el club de lectura porque me gusta mucho leer. Además, mi mejor amigo también ________________ la lectura. Nos encanta hablar sobre los libros que leemos. Isabel y tú, ¿qué actividades ________________ (vosotras)?

Lara: Nosotras ________________ el club de escritura. Nos parece muy interesante.

Manuel: Ah, ¡qué bien! Lorenzo y Carla también ________________ la escritura.

ERKLÄRFILM

3 **¿Qué les gusta? Escribe lo que les interesa/gusta/encanta a los chicos.**

♥	= interesar
♥♥	= gustar
♥♥♥	= encantar

Ejemplo: Jorge ♥♥  ________________________________

1. Maribel ♥♥  ________________________________
2. Juan y Berta ♥♥  ________________________________
3. Mateo ♥♥♥  ________________________________
4. Luisa ♥♥♥  ________________________________
5. Somos Fran y Susi, a nosotros ♥  ________________________________
6. Jaime, a ti ♥ ..., ¿verdad?  ________________________________
7. ¡Qué bien!, Olga y Daniela, a vosotras ♥♥♥ ...  ________________________________
8. Y a ti, ¿qué te gusta? ¿qué te encanta? ¡Apúntalo y haz un dibujo!

   A mí... ________________________________

   ____

4 ERKLÄRFILM

¿Qué te parecen estas actividades? Escribe ocho frases.

Ejemplo: Las extraescolares me parecen bastante divertidas.

las extraescolares los deberes el inglés las vacaciones el fútbol el español las manualidades el baile las artes plásticas la programación	me parece/n	un poco bastante muy	fácil difícil importante interesante aburrido/-a genial divertido/-a bueno/-a [...]

____

____

____

____

____

____

____

____

____

★ 5 a **Pasamos todo el día en la playa. Laura cuenta de sus vacaciones en España. Completa con todo/-a + artículo.**

1. En verano, pasamos ____________ día en la playa donde ____________ gente toma el sol.
2. Mi madre hace gimnasia en la playa ____________ mañanas.
3. Y nosotros nadamos en el mar ____________ días.
4. ____________ niños hacen castillos en la playa.
5. Al mediodía, ____________ amigos juegan al fútbol en la playa.
6. Mi padre lleva ____________ comida porque ____________ familia come en la playa.

5 b **Tu familia y tú, ¿qué hacéis en las vacaciones todo el día / toda la semana / todas las mañanas / todas las noches? ¿Y qué hacen tus amigos y amigas? Escribe por lo menos seis frases en tu cuaderno.**

Hablar

6 **Haced el juego de rol en las páginas 99/100.**

¿Cómo es tu rutina?

Comprender el texto

1 a **Apunta las expresiones del texto (p. 40 de tu libro) debajo de los dibujos correctos.**

desayunar en el autobús • quedarse en la cama • escuchar música • ducharse • prepararse bien • escribir mensajes • estudiar un poco cada día • desayunar con la familia • leer un poco • acostarse • estudiar el fin de semana antes del examen • chatear con la pandilla • hacer fichas • salir a tiempo • no desayuna • estudiar un día antes • hacer los deberes • ver unos episodios de mi serie favorita • despertarse temprano/tarde • vestirse (rápido) • llegar tarde al insti

por la mañana

por la mañana

estudiar para un examen

1 b **¿Y tú? Describe qué haces por la mañana y antes de dormir en un día normal. Cuenta también cómo estudias para un examen. Escribe dos frases por tema.**

Practicar

☆ **2** ERKLÄRFILM

Completa el texto sobre la fiesta de quince de Mercedes con los pronombres reflexivos me/te/se/nos/os/se.

Hoy es la quinceañera[1] de mi hermana Mercedes. Todos nosotros _______ despertamos muy temprano. Mi hermana _______ despierta primero y _______ levanta rápido. Mis padres también _______ levantan para organizar todo. Todos _______ duchan. Yo _______ quedo un poco más en la cama. Mi hermana _______ pone un vestido muy bonito.

Los amigos y mi familia _______ sientan en el jardín[2] para ver el baile de mi hermana con mi padre. Después todos bailan y comen. Finalmente, después de un día muy largo, todos _______ acostamos y _______ dormimos. Solo mi hermana no puede dormir y escribe un mensaje a sus amigas:

1 la quinceañera *das Fest zum 15. Geburtstag eines Mädchens* **2 el jardín** *der Garten*

Mercedes: Chicas, ¿ ______ acostáis ya? ¿______ dormís ya? Yo todavía no puedo dormir.

Paloma: ¡Genial tu fiesta! Yo ya ______ estreso un poco con mi fiesta de quince en dos meses.

Silvia: ¡Yo tampoco ______ duermo! ¡Qué día más guay!

¡Acuérdate!

3 ERKLÄRFILM

Apunta las formas de los verbos reflexivos con diptongo.

▶ Los verbos, p. 151/3.1, 152/3.3

Die reflexiven Verben funktionieren genauso wie die anderen Verben mit Vokalwechsel.

despertarse e → ie		**sentarse** e → ie	
me desp*ie*___rto	nos desp*e*___rtamos	*me siento*	______
te desp_____rtas	os desp_____rtáis	______	______
se desp_____rta	se desp_____rtan	______	______
acostarse o → ue		**dormirse** o → ue	
me ac*ue*___sto	nos ac*o*___stamos	______	______
te ac_____stas	os ac_____stáis	______	______
se ac_____sta	se ac_____stan	______	______

Practicar

☆ **4** **Haz el Sudoku del verbo vestirse. ¡Ojo con el cambio e → i!** ▶ Los verbos, p. 151/3.2

te vistes	se visten	nos vestimos		os vestís	se viste
	se viste	os vestís		te vistes	
		se viste	nos vestimos	me visto	se visten
se visten	nos vestimos	me visto			te vistes
	os vestís		te vistes	nos vestimos	
nos vestimos			se viste		os vestís

5 **Ismael cuenta de un día típico. Formula frases con antes de o después de + infinitivo.** ▶ Gramática, p. 45

Ejemplo: Ismael: *leer* mis mensajes / *desayunar* → Antes de desayunar, leo mis mensajes.

1. *desayunar/ducharse* → ______
2. *ducharse* / *ir* al instituto → ______
3. *salir* de casa / *ponerse* los zapatos → ______
4. *entrar* en clase / *saludar* a los amigos → ______

★ **6** **Tu amigo Víctor te cuenta de su rutina. Completa con las formas correctas de los verbos reflexivos.** ▶ Gramática, p. 45

ERKLÄRFILM

Achte auf die Verben mit Vokalwechsel **e → ie** oder **e → i**!

Asunto: Saludos

Cada mañana, en mi familia *nos despertamos* (*despertarse*/nosotros) a las siete. Mi hermano Juan ______ (*levantarse*) primero. Yo ______ (*quedarse*) un poco en la cama y después ______ (*ducharse*/yo). Mi padre siempre ______ (*estresarse*). Mi madre y yo ______ (*vestirse*/nosotros) rápido. Todos ______ (*sentarse*/nosotros) en la mesa para desayunar y ______ (*prepararse*/nosotros) para el día. Mis padres ______ (*irse*) a trabajar y yo ______ (*irse*) al insti. Por la noche, después de cenar, ______ (*acostarse*/nosotros) a las once, pero yo siempre ______ (*dormirse*) más tarde.

¿Y tú y tu familia? ¿A qué hora ______ (*levantarse*/vosotros) por la mañana? ¿Cuándo ______ (*ducharse*/tú) y ______ (*vestirse*/tú)? ¿Desayunáis juntos? ¿A qué hora ______ (*acostarse*/vosotros)? Un abrazo, Víctor

Escribir

7 **Contesta el e-mail de Víctor (ejercicio 6, p. 31). Escribe por lo menos seis frases en tu cuaderno.**

Escuchar

10 ☆

8 a **Escucha: ¿Qué hace Violeta a qué hora? Marca la actividad correcta.** ▶ Destrezas, p. 137/20

1. A las 7:30 Violeta — a. ☐ se despierta. b. ☐ se levanta. c. ☐ escucha música.
2. A las 8:00 Violeta — a. ☐ se viste. b. ☐ desayuna. c. ☐ se ducha.
3. A las 8:15 Violeta — a. ☐ se estresa. b. ☐ lee mensajes. c. ☐ mira las redes sociales.
4. A las 8:50 Violeta — a. ☐ desayuna. b. ☐ sale de casa. c. ☐ habla con su madre.
5. A las 21:30 Violeta — a. ☐ ve la tele. b. ☐ lee un libro. c. ☐ escribe mensajes.
6. A las 23:15 Violeta — a. ☐ se duerme. b. ☐ ve la tele. c. ☐ llama a una amiga.

10

8 b **Vuelve a escuchar y apunta ahora la rutina de la chica por la mañana y por la noche.**

1. A las siete y media de la mañana, Violeta se despierta.

____

____

____

____

____

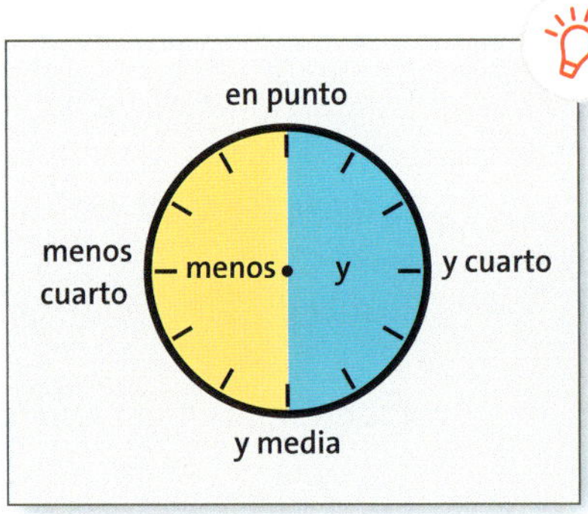

11 ★

9 **¿Qué hace Martín, el hermano de Nora, a qué hora? Escucha y apúntalo en la tabla.** ▶ Destrezas, p. 137/21

¿A qué hora?	¿Qué hace Martín?
A las *siete y media*	____________
A las ____________	va a la universidad en autobús.
Desde las nueve hasta las ______	tiene clase.
A las ____________	come con sus compañeros de clase.
Después	____________ en la biblioteca.
A las ____________	juega al baloncesto con ____________
A las ____________	vuelve a casa en autobús.
A las ____________	____________ con sus compañeros de piso.
A las doce y media	____________

Hablar

10 Haced el tandem en la p. 95.

Mediación

11 **¿Cómo es la rutina en un internado de fútbol? A tu amigo Jan le encanta el fútbol. Por eso le interesan los internados de fútbol en España. En Internet encuentras este artículo de Daniela sobre la vida en un internado de fútbol. Lee el artículo y contesta las preguntas de Jan.** ▶ Destrezas, p. 142/42

El despertador suena todos los días a las seis y media. Nos levantamos rápido, nos ponemos nuestra ropa de deporte, nos lavamos la cara y vamos a la cafetería para desayunar. ¡Tenemos una gran variedad de comidas y bebidas! Después, nos lavamos los dientes y ya empieza el primer entrenamiento.
El entrenamiento es de una hora, de las siete y media hasta las ocho y media. Después nos duchamos y nos vestimos para el insti.

A las nueve menos cuarto tomamos el autobús que nos lleva al instituto. Tenemos las mismas asignaturas que en otros institutos, pero aquí todos somos deportistas 😉. Las clases son de las nueve de la mañana a las cinco de la tarde. De las dos a las tres tenemos tiempo para comer y para descansar.
A las cinco empieza el segundo entrenamiento. Aquí practicamos jugadas, pases y nuevas estrategias. Es genial porque tenemos el mismo material que los profesionales.
Dos horas más tarde, a las siete, tenemos una hora para hacer los deberes, repasar las clases y estudiar para los exámenes.
De ocho a nueve a veces tenemos charlas con otros deportistas, otros entrenadores u otros jugadores. Son charlas que nos muestran que el deporte es una filosofía de vivir. La cena es de nueve a nueve y media. Es también en el comedor. Hay de todo: platos veganos, vegetarianos y con carne o pescado.

Después de cenar tenemos tiempo libre. A mí me gusta charlar con amigas, hablar por teléfono con mis padres o estar en las redes sociales. Luego, a las diez y media, ya nos vamos a dormir.

1. Was machen sie morgens? ____________________

____

2. Trainieren die Jugendlichen denn den ganzen Tag? ____________________

____

3. Was machen sie abends? ____________________

____

____

4. Und wann müssen sie ins Bett? ____________________

facultativo

1 a **Ayuda a estas cinco personas (p. 35) a elegir actividades extraescolares. Lee la oferta de actividades y la descripción de las personas. | Hilf diesen fünf Personen (S. 35), passende AGs zu finden. Lies das Angebot an AGs und die Charakterisierungen.** ▶ Destrezas, p. 138/27

Willst du beim Lesen nur bestimmte Informationen herauslesen, spricht man von Selektivverstehen. Du achtest also beim Lesen nur auf jene Informationen, die für dich gerade wichtig sind. Lies dir dazu die Aufgabenstellung genau durch.
Lies dann die Texte und unterstreiche Schlüsselwörter, die dir bei der Zuordnung helfen. Du musst nicht jedes Wort verstehen. Es reicht, wenn du die Informationen herausfilterst, die dir bei der Erfüllung der Aufgabe helfen.

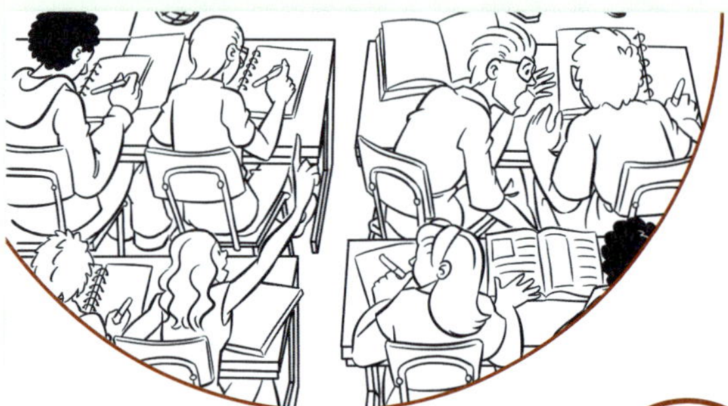

Y DESPUÉS… FÚTBOL PARA CHICAS

Lunes y miércoles: 16:00 – 17:30
¡Únete a nuestro equipo de fútbol y disfruta del deporte más popular del mundo! Entrenamos técnicas y trabajamos en equipo. Ideal para chicas de 12 a 15 años. ¡Ven a jugar con nosotras!

CLUB DE ARTES PLÁSTICAS

Martes: 15:30 – 17:00
¿Te encantan el dibujo y la pintura? ¡Este es tu lugar! En el Club de Artes Plásticas, aprendes diferentes técnicas artísticas, desde acuarela hasta escultura. Todos los niveles, desde principiantes hasta avanzados.

TALLER DE TEATRO

Jueves: 16:00 – 18:00
¿Te gusta hacer teatro? En nuestro taller desarrollas tus habilidades de actuación, mejoras tu expresión corporal y aumentas tu confianza. Para todas las edades. ¡Prepárate para salir al escenario!

TALLER DE ROBÓTICA

Viernes: 15:00 – 17:00
Si te interesa la tecnología, ¡este taller es para ti! Aprende a programar robots utilizando software moderno. Trabaja en equipo y compite en torneos. ¡Explora el futuro con la robótica!

CLUB DE ESCRITURA CREATIVA

Lunes: 16:30 – 18:00
¿Te encanta escribir historias o poemas? En el Club de Escritura Creativa, escribes y compartes tus textos con otros jóvenes escritores. Mejora tu estilo y aprende nuevas técnicas de escritura.

BANDA ESCOLAR

Miércoles: 17:00 – 18:30
Aprende a tocar un instrumento como la guitarra, el piano, o la batería. ¿Ya sabes tocar? ¡Perfecto! ¿Quieres empezar desde cero? ¡Genial!, te ayudamos. ¡Haz música en grupo y participa en conciertos!

ATLETISMO

Martes y jueves: 17:00 – 18:30
Ven y te entrenamos para carreras, saltos y lanzamientos. Principiante o avanzado, nuestro equipo te ayuda a triunfar. ¡Participa en competiciones y supera tus propios récords!

TALLER DE FOTOGRAFÍA

Miércoles: 16:00 – 17:30
Descubre la fotografía con nuestro taller. Aprende diferentes técnicas. No necesitas una cámara profesional, ¡solo tu pasión para contar historias a través de las imágenes!

HUERTO ESCOLAR

Sábado: 10:00 – 12:00
Aprende a cultivar frutas y verduras. ¿Conoces la importancia de una alimentación saludable? ¡Esta es la actividad perfecta si quieres hacer algo por el medio ambiente!

1 b **Elige dos o tres actividades extraescolares para cada persona. Justifica tu elección. | Wähle für jede Person zwei bis drei passende AGs aus. Begründe deine Auswahl.**

1. Clara es una chica tranquila, pero muy creativa. Le encanta escribir historias y dibujar. También le interesa el medio ambiente.

Actividades: ______________________

Justificación: *Clara es muy creativa. Le encanta escribir y dibujar, por eso* ______

____

____

2. Alejandro es un chico muy activo y deportista. Le encanta el fútbol. Además, le interesan la tecnología y los videojuegos.

Actividades: ______________________

Justificación: ______________________

____

____

3. A Sofía le gustan mucho la música y el teatro. Es activa y creativa, pero no muy deportista. Le gusta sacar fotos.

Actividades: ______________________

Justificación: ______________________

____

____

4. A Marcos le encanta aprender cosas nuevas. Le gusta trabajar con las manos. Además, el medio ambiente y la tecnología le interesan mucho.

Actividades: ______________________

Justificación: ______________________

____

____

5. Paloma es una chica muy simpática. Le encanta estar con gente y participar en actividades en grupos. Además, es muy creativa, pero no le gusta escribir.

Actividades: ______________________

Justificación: ______________________

____

____

APP ▶ Soluciones

Mi página

facultativo

Mi rutina de cada día

A las ____________________, me despierto y a las ____________________, me levanto.

A las ____

____

____

____

____

____

____

Estas cosas y actividades me gustan

Me interesa ____

____

____

Me gusta ____

____

____

Me encanta ____

____

____

Me parece genial ____

____

Y esto no me gusta

No me interesa ____

No me gusta ____

____

Me parece aburrido ____

____

Autocontrol

2

facultativo

Gramática

1 **Tacha las formas incorrectas de todo/-a/s + artículo y subraya la forma correcta.**

1. **Todo el / Toda la / Todas las** mañanas desayuno rápido.
2. **Todos los / Todas las / Todo el** alumnos de mi clase juegan al futbol.
3. **Todas las / Todo el / Todos los** días como un bocadillo en la cafetería.
4. **Todos los / Toda la / Todo el** semana hace buen tiempo.

2 **Completa con las formas correctas de los verbos elegir y vestirse.**

	elegir	vestirse
[yo]	________	________
[tú]	________	________
[él/ella]	________	________
[nosotros/-as]	________	________
[vosotros/-as]	________	________
[ellos/ellas]	________	________

3 **¿Qué les interesa/encanta/parece genial? Escribe frases como en el ejemplo.**

1. las manualidades 👍: A mí ____________________
2. las Artes Plásticas 👍👍: A ti ____________________
3. el baile 👍👍👍: A Lili ____________________
4. el baloncesto 👍👍: A nosotras ____________________
5. la robótica 👍👍👍: A vosotros ____________________
6. el coro 👍: A Pau y a Álex ____________________

👍 = interesar
👍👍 = encantar
👍👍👍 = parecer genial/es

4 **Completa con la forma correcta de los verbos reflexivos.**

1. Nosotros ____________________ (*acostarse*) tarde durante las vacaciones.
2. Tú ____________________ (*estresarse*) cuando tienes un examen, ¿verdad?
3. Mis abuelos ____________________ (*dormirse*) temprano los fines de semana.
4. Yo ____________________ (*prepararse*) para ir al instituto.
5. Lili ____________________ (*despertarse*) a las seis de la mañana todos los días.
6. Vosotras ____________________ (*sentarse*) en el sofá para charlar.

10 curiosidades sobre España

Comprender el texto

1 **Lee los textos en la p. 50 de tu libro y corrige los errores en estas frases.**

1. España tiene casi ochocientos kilómetros de costa.

   España tiene casi ____________________

2. El Teide es la montaña más alta de Europa. Está en los Pirineos. Es un volcán.

   ____

   ____

3. Con 70 km, el Ebro es el río más corto de España.

   ____

4. El restaurante más antiguo de España está en Barcelona.

   ____

5. España es uno de los países más turísticos de Europa, con más de ocho millones de turistas al mes.

   ____

   ____

6. Con doscientos visitantes al año, la Alhambra de Sevilla es una de las mayores atracciones turísticas de Andalucía.

   ____

   ____

7. Las ciudades españolas Ceuta y Melilla están en una isla.

   ____

8. Córdoba es el lugar más frío de España: menos de 20 grados en julio y agosto.

   ____

9. En España hay solo un volcán: la montaña de Tabernas en Galicia.

   ____

   ____

10. En la Isla de Lobos solo puedes ir en tren.

   ____

2 ERKLÄRFILM

Mira las imágenes y escribe frases con el superlativo.

corto/-a • bueno/-a ! • largo/-a • moderno/-a • alto/-a • bajo/-a • antiguo/-a • malo/-a !

A

B

C

Paco tiene

Escuchar

3 12

¡Cuántos números! Escucha las seis frases y marca el número correcto. ▶ Destrezas, p. 137/21

1. a. ☐ 50 b. ☐ 500 c. ☐ 555 d. ☐ 1555
2. a. ☐ 850 b. ☐ 518 c. ☐ 580 d. ☐ 508
3. a. ☐ 87 b. ☐ 868 c. ☐ 800 d. ☐ 878
4. a. ☐ 13 b. ☐ 3 c. ☐ 30 d. ☐ 15
5. a. ☐ 657 b. ☐ 565 c. ☐ 656 d. ☐ 606
6. a. ☐ 77 b. ☐ 17 c. ☐ 170 d. ☐ 700

Escribir

4 **Escribe cinco curiosidades sobre tu país.**

Ejemplo: El Rin es el río más largo de Alemania.

la ciudad • la isla • el club de fútbol • la costa • la montaña • el teatro • el museo • el río • la comida • el parque de atracciones • [...]

largo-/a • corto/-a • grande • pequeño/-a • antiguo/-a • moderno/-a • nuevo/-a • bueno/-a • interesante • [...]

El paisaje de mi región

1 **Lee las descripciones y apunta el número correcto en cada foto.**

1
En primer plano hay una escalera[1] que va a una playa muy bonita. En la playa no veo gente. Hay olas en el mar. Al fondo está el horizonte, entre el mar y el cielo. El mar es verde y el cielo azul. En el cielo no hay nubes.

2
En esta foto hay muchas montañas con rocas y bosques. En el primer plano también hay árboles. En el cielo hay muchas nubes. Al fondo, a la izquierda, hay más montañas. Es un paisaje muy verde.

3
En esta foto vemos un pueblo en la costa. En el primer plano está la playa y, a la derecha, hay un faro pequeño. A la izquierda y en el centro vemos las casas del pueblo. Al fondo hay una montaña muy alta. Sobre la montaña está el cielo con nubes.

4
Es una foto de un pueblo. Hay muchas casas blancas típicas. Al fondo, a la derecha, hay un castillo sobre una roca. A la izquierda vemos una iglesia muy grande con dos torres. El cielo es azul con pocas nubes.

5
La foto muestra un paisaje. En el primer plano hay campos con árboles. En el centro hay una montaña con bosque y un castillo. Al fondo hay montañas muy altas y, detrás, el cielo sin nubes.

6
Vemos una ciudad. Es en la tarde o cuando empieza la noche. En el primer plano está el mar, con barcos[2]. Al fondo está el cielo. La ciudad tiene muchos edificios: blancos, rojos y de otros colores. Hay una iglesia en una montaña.

1 la escalera die Treppe **2 el barco** das Boot

2 **Ya conoces estas seis palabras para describir un paisaje. Combina las sílabas y apúntalas con el artículo.**

vol • rrio • la • ca • go • ba • lle • la • que • is • par • cán

3 **Después de un día en el mar, Lara y Luis vuelven a casa. Completa la historia con las palabras que faltan.**

Para salir de la __________________ Lara y Luis tienen que ir por unas __________________. Después pasean entre __________________ y luego llegan a un __________________. Después del río hay un __________________ con un __________________.

Lara y Luis llegan a su __________________ con la __________________________. Al fondo, a la derecha, pueden ver una __________________. Y al fondo, a la izquierda, está la __________________.

Encima de la ciudad el __________________ con las __________________ y el __________________.

4 **Describe la foto de un paisaje en Galicia. Utiliza estos elementos.**

En el primer plano hay... • A la derecha de la casa hay... • Cerca de la casa hay... • En el centro de la foto vemos... • Al fondo podemos ver...

En esta foto vemos un paisaje. En el primer plano ______________________________

____

____

____

____

____

____

____

____

____

____

Cinco motivos para amar Galicia

Comprender el texto

1 **Marca si la afirmación es correcta o falsa. Corrige las frases falsas.**

1. El Camino de Santiago termina en Madrid. ☐ correcto ☐ falso
2. La gaita también es típica de Escocia. ☐ correcto ☐ falso
3. Para comer en un bar de Santiago necesitas mucho dinero. ☐ correcto ☐ falso
4. Galicia es famosa por su comida. ☐ correcto ☐ falso
5. La playa de Compostela está a dos horas en bus de la capital. ☐ correcto ☐ falso
6. En Galicia casi siempre hace buen tiempo. ☐ correcto ☐ falso

____

____

____

____

____

Vocabulario

2 **Hamburgo prepara un folleto para turistas españoles. Completa el texto con las palabras en español.**

Hamburgo, ¡una ______________ (*internationale Stadt*) con mucha ______________ (*Kultur*), ______________ (*Kunst*) y ______________ (*Tradition*)!

Ven a ______________ (*kennen(lernen)*) el ______________ (*historisches Zentrum*) con su ______________ (*berühmte Kirche*), el «Michel». Tienes que ir al puerto[1]. Allí puedes probar la ______________ (*typisches Essen*), el «Fischbrötchen». Es muy bueno y no es ______________ (*teuer*).

La ______________ (*Küste*) tampoco está lejos.

Bueno, la ______________ (*der Regen*) también es típica de Hamburgo, pero, ¡para esto hay ______________ (*Regenschirme*)!

1 el puerto der Hafen

Practicar

3 a Completa la tabla con las formas de los verbos concocer y pedir. ▶ Los verbos, p. 151/3.2, 152/3.4

	conocer c → zc	pedir e → i
[yo]	cono*zco*_____ !	p*i*____do
[tú]	conoc_________	p____des
[él/ella]	conoc_________	p____de
[nosotros/-as]	conoc_________	p____dimos
[vosotros/-as]	conoc_________	p____dís
[ellos/ellas]	conoc_________	p____den

Bei den Verben vom Typ **conocer** ist nur die 1. Person unregelmäßig; **yo conozco**.

3 b Carla y Sara, de Madrid, visitan a sus primos Daniel y Diego en Santiago. Completa el diálogo con las formas correctas de conocer y pedir.

Los cuatro chicos están en el restaurante «El Caldero Chorreante».

Carla: A ver, ¿qué ________________ (*pedir*/nosotros)?

Sara: No sé, yo no ________________ (*conocer*) la comida gallega.

Diego, ¿tú ________________ (*conocer*) el «pulpo a la gallega»?

Diego: Sí, pero yo no ________________ pulpo porque no me gusta.

¿________________ la empanada?

Sara y Carla: Pues, no, no ________________ la empanada. ¿Es buena?

Daniel: ¡Es buenísima! ¿Por qué no ________________ empanada?

Os va a gustar.

Carla: De acuerdo, yo voy a ________________ (*pedir*) empanada.

Y tú, Diego, ¿qué ________________?

Diego: Empanada, claro. Y también ________________ pimientos de

Padrón[1]. No los ________________, ¿verdad?

Daniel: Perfecto, así vais a ________________ otra comida típica.

Al final, los chicos ________________ empanada para todos, y Daniel

también ________________ pimientos.

1 **los pimientos de Padrón** gegrillte grüne Paprikaschoten

4 **Ismael y Lili comentan lo que ven en Galicia. Completa lo que dicen los jóvenes con el superlativo absoluto como en el ejemplo.**

Ejemplo: **Ismael:** ¡Uf!, este pueblo es muy aburrido. **Lili:** Sí, ¡es aburridísimo!

1. **Ismael:** La empanada es muy __________ (bueno/-a), ¿verdad? **Lili:** ¡Oh sí, es __________!
2. **Ismael:** ¡Uf!, estas preguntas son muy __________ (difícil). **Lili:** Es verdad, son __________.
3. **Lili:** ¡Qué rollo!, la lluvia es bastante __________ (pesado/-a). **Ismael:** Sí, es __________.
4. **Ismael:** ¡Qué guay!, estos árboles son muy __________ (alto/-a). **Lili:** Es verdad, son __________.

5 ERKLÄRFILM **Nuno vive en Cedeira, un pueblo en la costa gallega. Presenta sus lugares favoritos a un grupo de amigos. Completa con el superlativo.**

Mirad, chicos, aquí estamos en la parte __________ (+ antiguo/-a) de mi pueblo. Al fondo veis la Iglesia de Santa Maria do Mar, con la torre __________ (+ alto/-a) del pueblo. Bueno, aquí están los lugares __________ (+ turístico/-a), pero para mí es el lugar __________ (− interesante) del pueblo. Para mí, los lugares __________ (+ bonito/-a) son la Plaza Roxa y la playa. En la plaza están los __________ (+ bueno/-a) bares, con las empanadas __________ (− caro/-a).

Y la playa de la Magdalena es la __________ (+ bueno/-a) playa del pueblo. Allí podéis pasar las tardes __________ (+ divertido/-a) con vuestra pandilla. Para mí es el lugar __________ (+ bonito/-a) de Cedeira.

★ **6** a ERKLÄRFILM **Completa las frases con el comparativo: más... que, menos... que o tan... como.**

1

2

Rápido/-a: Clara es = __________ Soraya, pero es − __________ Nuria.

Alto/-a: Manolo y Sergio son = __________ Olga, pero − __________ Juana.

3

Bueno/-a: El tiempo de [+] ______________________

el tiempo de ayer, pero es [–] ______________________

el tiempo de mañana.

4

Pesado/-a: Las mochilas de Raúl y Rosa son [+]

______________________ la mochila de Laura,

pero [–] ______________________ la de Roberto.

ERKLÄRFILM **6 b** **Mira otra vez los dibujos del ejercicio 6a y escribe frases con el superlativo.**

1. *Nuria es la* ______________________
2. ______________________
3. ______________________
4. ______________________

★ **7** **Lee primero las respuestas a la derecha. Luego forma las preguntas correctas para las respuestas. Apunta las preguntas y las respuestas en tu cuaderno.**

1. ¿Para	quién	habláis?	a.	–De la fiesta de Nico.
2. ¿De	qué	es el libro?	b.	–En el aula de Lengua.
3. ¿De	qué	aula tenemos clase?	c.	–A Galicia.
4. ¿A	qué	región vais en las vacaciones?	d.	–Para ir a casa de Mateo.
5. ¿En	quiénes	visitáis el domingo?	e.	–De Ana.
6. ¿A	qué	necesitas la bicicleta?	f.	–A nuestros tíos.

Escuchar

13 **8 a** **Emilio está pasando las vacaciones con su madre y su hermana Tina en Galicia. Escucha una vez y apunta dónde están en cada uno de los cuatro diálogos.** ▶ Destrezas, p. 137/20

	¿Dónde están?	¿Qué hace Tina?
1.	______________	______________________
2.	______________	______________________
3.	______________	______________________
4.	______________	______________________

13 **8 b** **Vuelve a escuchar y apunta en la tabla de 8a lo que hace Tina en cada lugar.** ▶ Destrezas, p. 137/21

Hablar

9 **Haced el juego de rol en las páginas 99/100.**

El misterio en el Camino de Santiago

Comprender el texto

1 a **Vuelve a leer «El misterio en el Camino de Santiago» (libro, p. 60). Relaciona las preguntas de Lili con las expresiones correspondientes.**

1. «¿Caminar cinco días solo con mamá y papá?»
2. «¿Ismael puede ir con nosotros?»
3. «¿Cuáles son los acertijos de hoy?»
4. «¿Un día con Ismael, con música y con este paisaje?»
5. «¿Todavía faltan tres kilómetros?»
6. «¿Quién es el peregrino misterioso?»

a. «¡Ni idea!»
b. «¡La yincana mola mucho!»
c. «¡No puedo más!»
d. «¡Me encanta la idea!»
e. «¡Es un día perfecto!»
f. «¡Qué rollo!»

1 b **Escribe lo que piensa Lili al lado de los dibujos.**

¡Acuérdate!

2 **Lili habla con Pau sobre las vacaciones. Completa con las formas correctas del futuro inmediato.**

> Um von der nahen Zukunft zu sprechen, kombinierst du die konjugierten Formen von **ir** mit der Präposition **a** und einem Infinitiv:
> **Mañana voy a comer en la cafetería.**

Pau: En las vacaciones ____________ (*pasar*/yo) dos semanas en los Pirineos. ¿Qué ____________ (*hacer*) tú?

Lili: Pues, mis padres y yo ____________ (*hacer*) una parte del Camino de Santiago.

Pau: Uf, entonces ____________ (*caminar*/vosotros) mucho. Y seguro que tus padres ____________ (*visitar*) todas las iglesias y muchos monumentos... ¡Esto ____________ (*ser*) aburridísimo!

Lili: ¡Nooo!, ¡Ismael también ____________ (*ir*) con nosotros! ____________ (*charlar*/nosotros), ____________ (*escuchar*/nosotros) música...

Pau: Es verdad. Con Ismael ____________ (*disfrutar*/tú) mucho más del Camino. ¿Me ____________ (*mandar*/tú) mensajes y fotos?

Practicar

> Anders als auf Deutsch kannst du **otro/-a** nicht mit dem unbestimmten Artikel kombinieren:
> Willst du diesen Saft oder einen anderen? ¿Quieres este zumo u otro?

3 **En el Camino de Santiago, Lili escribe su diario. Completa con las formas de otro/-a.** ▶ Gramática, p. 65

__________ día en el Camino de Santiago. Me gusta conocer __________ lugares. ¡Pero no puedo más! Papá siempre dice: «Venga, __________ kilómetro más. ¡Tú puedes!» ¡Yo quiero hacer __________ cosa! ¿No hay __________ actividades? ¡Pero la idea de los acertijos me encanta! Seguro que hoy vamos a tener __________ 😊

4 ERKLÄRFILM

Por la mañana, antes de salir, Lili, Ismael y su familia tienen que hacer las mochilas. ¡Es un caos! Todos están buscando algo. ¿De qué hablan? Subraya la solución correcta.

1. La madre busca...
   a. ☐ su móvil. b. ☐ sus pendientes. c. ☐ sus gafas de sol.
2. Ismael busca...
   a. ☐ sus gafas. b. ☐ su jersey. c. ☐ su zapatilla.
3. Lili busca...
   a. ☐ su gorra. b. ☐ sus vaqueros. c. ☐ sus botas.
4. El padre busca...
   a. ☐ su reloj. b. ☐ sus zapatos. c. ☐ su chaqueta.

5 ERKLÄRFILM

Subraya las formas correctas del pronombre de complemento directo.

1. –Chicos, el sábado hago una fiesta. **Lo** • **Me** • **Os** invito. –¡Oh, sí!
2. –¡Ah, aquí estás, Martín! Todos **las** • **te** • **os** están buscando. –¿Ah, sí?
3. –Esta gorra es muy bonita... –Entonces, ¿por qué no te **la** • **los** • **lo** compras?
4. –Mira, allí están Álex y Lili. –¿Dónde? No **nos** • **los** • **las** veo.
5. –Chicos, ¿cuándo **me** • **te** • **os** vais a visitar? –¿Quizás el sábado?
6. –Mamá, papá, voy a salir ahora. –Muy bien, pero a las diez **te** • **nos** • **os** llamas, ¿vale?

6 **Nora, Álex y Pau están en el parque. Completa el texto con las palabras de la casilla.**

de repente • ~~luego~~ • finalmente • al principio • cuando • más tarde • enseguida

__________ los chicos descansan en el parque. __________ suena el teléfono de Nora. __________ Nora responde: «Hola Lili, ¿cómo estás?». *Luego* __________ Nora cuenta a Pau y Álex: «Lili e Ismael caminan todo el día y ya no pueden más». __________ los tres chicos van al bar de la plaza para tomar algo. __________ están allí, hablan sobre Lili e Ismael. __________ hacen una videollamada para consolar[1] a sus amigos.

1 **consolar** trösten

Escuchar

7 14

Cuatro jóvenes de Galicia se presentan. Escucha varias veces y escribe en la tabla dónde viven, cuántos años tienen, cuántos hermanos tienen y qué hacen en su tiempo libre. ▶ Destrezas, p. 137/21

Nombre	Ciudad	Edad	Hermanos/-as	Tiempo libre
1. Martiño				*hacer excursiones,*
2. Erea	*A Coruña*	*15 años*		
3. Naia	*A Guarda*			
4. Iago	*Lugo*		*dos hermanos*	

8 15

Lee y escucha estas frases en gallego. Subraya las palabras que son (casi) como en español.

▶ Destrezas, p. 133/2 (Andere Sprachen nutzen)

1. Todos os días chegan moitos peregrinos a cidade.
2. A comida galega é moi rica.
3. O ambiente na Praza do Obradoiro é fantástico.
4. Os amigos queren pasar un día na praia.

Das Galicische ist eine der vier offiziellen Sprachen in Spanien. Es ist eine romanische Sprache und dem Portugiesischen sehr ähnlich.

La bandera gallega

Escribir

9 ★

En las vacaciones, Emma, de Saarbrücken, está con sus padres en Vigo, Galicia. Quiere escribir un e-mail a Leyla, su amiga de Barcelona. Aquí tienes sus apuntes. Ayúdala y escribe el e-mail. ▶ Destrezas, p. 142/41

Eltern & ich in Vigo: Stadt an der Küste Galiciens, ganz hübsch, die Strände: superschön
Historisches Zentrum: Kirchen und andere Sehenswürdigkeiten.
Eltern: wollen alle besuchen – Ich: lieber an den Strand
Morgen: Ausflug auf die „Islas Cíes" – lange Strände, magische Landschaft, viele Tiere – das wird superinteressant!
Aber: Regen! Muss Regenschirm kaufen!
Abends: Eltern Konzert mit traditioneller Musik (Dudelsack) – ich nicht!!!
Ich: Hotel, wir beide: Videokonferenz?

Asunto:

Hola Leyla:

¿Cómo estás?

facultativo

1 a En este taller debes relacionar personas con lugares de vacaciones. Lee primero el folleto. ¿De qué habla? ¿Para quién es? | In diesem Taller sollst du einigen Personen passende Urlaubsorte zuordnen. Lies zuerst den Prospekt. Wofür wirbt er? An wen richtet er sich? ▶ Destrezas, p. 138/26

¿YA TIENES PLANES PARA LAS VACACIONES? ¿NO QUIERES HACER LAS TÍPICAS VACACIONES ABURRIDAS EN FAMILIA?

Aquí te presentamos lugares para vacaciones activas en toda España.

1. ¿Quieres disfrutar del sol y de las playas blancas del Atlántico?
¿Y te gusta montar a caballo? Pues ven a pasar el verano en **Zahara de los Atunes**, en la provincia de Cádiz. Mar, playa, caballos – ¡y todo bajo el sol de Andalucía! Vas a disfrutar del paisaje y del mar con otros jóvenes. ¿Qué más quieres? Puedes participar una, dos o tres semanas. El programa empieza el 15 de julio y va hasta el 10 de septiembre.

2. ¿Las vacaciones sin bicicleta son imposibles para ti?
Entonces, ¡ven a **Roncal**! Es un pueblo en Navarra, cerca de los Pirineos, con las mejores rutas para ir en bici de montaña. ¡Aquí cada día de tus vacaciones va a ser una nueva aventura[1]! Vas a conocer el paisaje mágico del norte con sus animales y vas a hacer amigos nuevos. Elige cuándo tienes tiempo, puedes venir del 1 al 8 de julio, del 30 de julio al 6 de agosto y del 2 al 10 de septiembre.

3. ¿Te gustan los colores?
Pues ven a vivir el verde de los bosques, el azul del cielo y el rojo de las rocas en **Albarracín**. Es un pueblo ideal para escalar porque está en la montaña, lejos de las ciudades grandes, en la provincia de Teruel, en Castilla-La Mancha. El programa es de dos semanas. Hacemos una excursión a Teruel y otra al río Turia. Puedes empezar el programa cada domingo de julio y agosto.

4. ¿No te gustan las regiones de España con sol y calor y muchísimos turistas? ¿Prefieres un lugar más tranquilo? Muy bien, este lugar ideal es **Potes**, un pueblo pequeño en Cantabria. Es uno de los pueblos más bonitos de España. Puedes montar a caballo y hacer excursiones por la montaña. Y si llueve, puedes aprender cómo se hacen nuestros quesos, ¡qué buenos! Hay grupos de diez a quince personas en julio, agosto y septiembre.

5. ¿Quieres estar lejos de la ciudad?
¿Quieres ver animales? ¿Y quieres caminar por uno de los paisajes más interesantes de Extremadura? Pues, tienes que ir al parque de **Monfragüe**. Allí hay buitres[2], linces[3] y muchos otros animales. Durante dos semanas hacemos excursiones por el parque, miramos los animales y hacemos fotos de ellos. Te esperamos desde el 20 de junio hasta el 3 de septiembre.

6. ¿La cosa más bonita de tus vacaciones?
Disfruta del paisaje verde desde la piragua sobre el río Sella. Además, puedes nadar en el mar, jugar al fútbol, al baloncesto o tomar el sol (si hace sol ;-) en la playa de **Ribadesella**, un pueblo en la costa de Asturias. Estamos aquí durante los meses de julio y agosto. Puedes venir una o dos semanas. El grupo es de veinte personas.

7. Es verdad, caminar a veces puede ser aburrido...
Pero en el Camino de Ronda, cerca de **Tossa de Mar** en Cataluña, no es así. Allí tienes un paisaje muy bonito, casi siempre ves el mar – ¡y puedes conocer las mejores playas – para descansar, nadar, dibujar, jugar...! Eso sí, vamos a caminar bastante, entre tres y cuatro horas al día, en grupos pequeños, de hasta ocho personas. Te esperamos en julio o septiembre.

1 la aventura das Abenteuer **2 el buitre** der Geier **3 el lince** der Luchs

1 b **Lee ahora las características de estos cinco jóvenes y decide qué información tienes que encontrar en el folleto.** | **Lies nun die Charakterisierungen dieser fünf Jugendlichen und überlege, welche Informationen du aus dem Prospekt herauslesen musst.** ▶ Destrezas, p. 138/27

Nombre	Le gusta(n):	No le gusta(n):	Tiene tiempo	Puede ir a:
Manu	caminar, mirar animales, la fotografía, ir en piragua	ir en bici, estar con más de diez personas	en julio y agosto	______ ______
Noemi	ir en bici de montaña, ver animales, hacer amigos	el calor, los deportes en grupo	en julio y septiembre	______ ______
Marisa	ir en piragua, el mar, nadar, dibujar	la montaña, caminar mucho	en agosto	______ ______
Alejandro	montar a caballo, la playa, el mar, el sol	ir en bici, el fútbol	en julio y agosto	______ ______
Óscar	las montañas, montar a caballo, comer cosas ricas	el baloncesto, la carne	en septiembre	______ ______

1 c **Vuelve a leer el folleto y subraya con un color por cada persona las cosas que le gustan.** | **Lies nun noch einmal aufmerksam den Prospekt und unterstreiche mit einer Farbe für jede Person, was ihr jeweils gefällt.**

Óscar

4. ¿No te gustan las regiones de España con sol y calor y muchísimos turistas? ¿Prefieres un lugar más tranquilo? Muy bien, este lugar ideal es **Potes**, un pueblo pequeño en Cantabria. Es uno de los pueblos más bonitos de España. Puedes montar a caballo y hacer excursiones por la montaña...

1 d **Comprueba si las personas tienen tiempo para ir al lugar que te parece bueno para ellas o si hay algo allí que no les gusta.** | **Überprüfe, ob die Personen auch wirklich Zeit haben, um an den Ort zu fahren, der dir passend für sie erscheint, und ob es dort etwas gibt, das ihnen nicht gefällt.**

Mh, Tossa puede ser interesante para Marisa..., pero a ella no le gusta caminar y no tiene tiempo en...

1 e **Apunta un lugar para cada persona en la tabla.** | **Schreibe für jede Person einen passenden Ort in die Tabelle.**

3 Mi página

facultativo

Conozco todas estas palabras para describir pueblos, ciudades y paisajes:

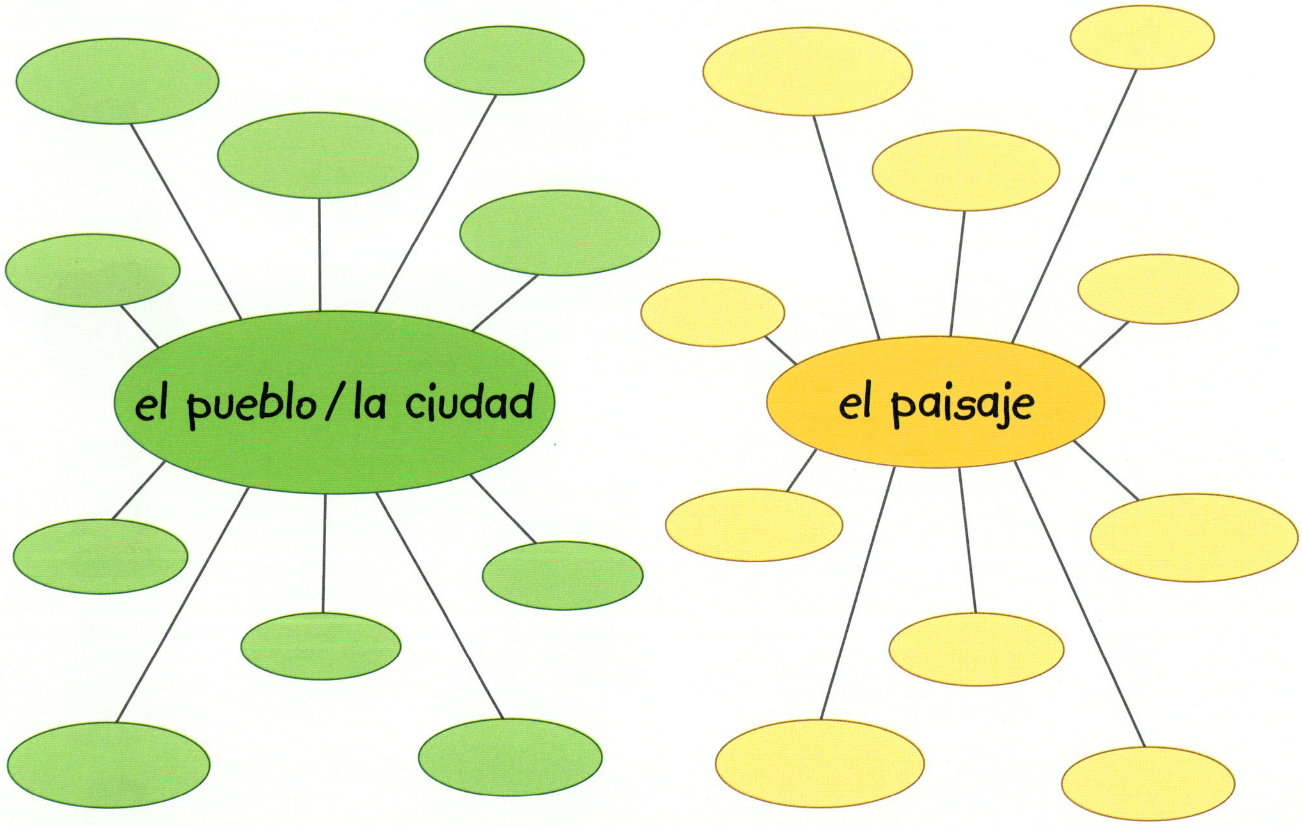

Puedo comparar personas y cosas:

__________ es más alto que __________

__________ es la más alta, pero __________

____

____

Películas: __________ es mejor que __________

__________ es la __________

__________ es la __________

Libros: __________

__________ es el __________

__________ es el peor __________

Juegos: __________

__________ es el mejor __________

__________ es el __________

Vocabulario

1 **Completa la descripción con las palabras que faltan.**

En el primer plano está la ______________. ¡Hay muchísima gente! En el ______________ hay olas. A la derecha hay un ______________ moderno. En el centro hay un ______________. Al fondo hay ______________ y, a la izquierda, vemos el ______________. El ______________ es azul y no hay ______________.

Gramática

2 **Describe a esta familia de perros. Utiliza el superlativo de los adjetivos.**

Lina es la ______________ (+ tranquilo/-a).

Lui es el ______________ (+ grande).

Lara es la ______________ (+ inteligente)

Lucho es el ______________ (− simpático/-a).

3 **Completa las frases sobre España con los adjetivos en comparativo o superlativo.**

1. Madrid es ______________ (+ grande) Barcelona, pero es ______________ (− antiguo/-a). Cádiz es la ciudad ______________ (+ antiguo/-a) de España.
2. La Alhambra de Granada es ______________ (= famoso/-a) la Sagrada Familia de Barcelona.
3. Las playas de Galicia son ______________ (− conocido/-a) las de Mallorca.

4 **Completa los diálogos con las formas correctas de otro/-a.**

1. –Este boli no va bien. ¿Tienes ________? –No, pero tengo ________ cosa, mira este lápiz.
2. –¿Seguro que Lili vive aquí? ¿No es ________ calle? –No, no, es esta calle, pero es ________ número.
3. –Estos juegos son muy aburridos. ¿No podemos jugar a ________ juegos o hacer ________ actividades?

5 **Completa los diálogos con los pronombres de complemento directo.**

1. –¿Tienes el zumo? –Sí, aquí ______ tengo. –¿Y los bocadillos? –También ______ tengo.
2. –Lili, Ismael, ¿dónde estáis? No ______ veo. –Pero mamá, estamos al lado de la iglesia, ¿no ______ ves?
3. –Pau, ahora no puedo. ¿______ llamas más tarde? –Claro, Álex, ______ llamo luego.

¿Qué hay que comprar?

Vocabulario

1 Busca los alimentos en la sopa de letras. Apunta los sustantivos con el artículo. Piensa en los acentos.

P	A	T	A	T	A	K	A	N	A	R	A	N	J	A	T	A	K	A	M
O	I	L	E	C	H	U	G	A	P	P	L	A	T	A	N	O	U	G	A
M	A	N	T	E	Q	U	I	L	L	A	T	C	E	B	O	L	L	A	N
A	R	A	A	B	U	H	J	E	Z	H	U	E	V	O	B	U	H	T	Z
N	R	R	G	O	E	U	I	C	U	R	M	I	R	M	P	E	U	U	A
Z	O	A	U	L	S	E	G	H	M	A	A	T	O	M	A	T	E	N	N
A	Z	J	A	M	O	N	A	E	O	J	A	E	N	T	N	O	V	O	A

1. la patata

2 En esta lista de compras hay errores. ¡Corrígela!

Schreibe deine nächste Einkaufsliste doch gleich auf Spanisch!

Practicar

3 a En el mercado: pon el diálogo en el orden correcto.

- [ ] Dos barras, muy bien. ¿Algo más?
- [ ] ¡Hola, Buenos días! ¿Qué te pongo?
- [ ] Son nueve euros con 45 céntimos.
- [ ] Si, también necesito dos barras de pan.
- [ ] Aquí tienes diez euros.
- [ ] Muy bien, y 55 céntimos de cambio. ¡Adiós!
- [ ] ¡Buenos días! Necesito medio kilo de cebollas y un kilo de patatas y seis huevos ecológicos, por favor.
- [ ] Muchas gracias. ¡Adiós!
- [ ] No, gracias. Eso es todo. ¿Cuánto es?
- [ ] Sí, claro. Vas a preparar una tortilla de patatas, ¿no? Aquí tienes. ¿Algo más?

In Spanien wirst du fast immer mit **tú** angesprochen.

16 **3 b Ecucha y comprueba.**

4 ¿Qué alimentos te gustan? ¿Cuáles no te gustan? Apúntalos.

A mí me gusta 🙂 ______________________

A mí no me gusta ☹ ______________________

Escuchar

17 **5 ¿Qué compra la gente en el mercado? Escucha los diálogos y rellena la tabla.** ▶ Destrezas, p. 137/21

	¿Qué compran?	¿Cuánto es?
Diálogo 1		
Diálogo 2		
Diálogo 3		

Hablar

6 Haced el tándem en la p. 96.

Mis derechos y mis deberes en casa

1 Escribe los nombres de los deberes y los derechos al lado de los dibujos.

DEBERES | **DERECHOS**

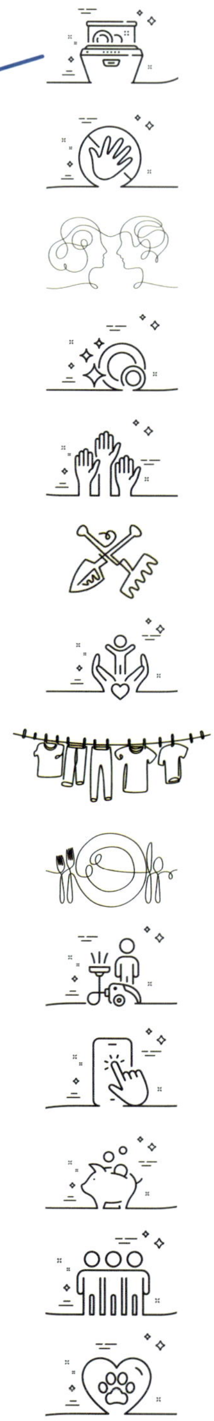

poner y recoger el lavavajillas

2 ¿Te acuerdas de estas tareas? Haz dibujos para ellas también.

limpiar el baño	sacar la basura	preparar la comida	ordenar la habitación	hacer la compra

3 a Escucha el podcast sobre las tareas y los deberes en casa y elige la opción correcta. ▶ Destrezas, p. 137/20

18

1. Es una entrevista con ☐ dos ☐ tres ☐ cuatro jóvenes.
2. ☐ Todos ☐ Solo dos ☐ Solo uno tiene(n) que hacer tareas en casa.

3 b ¿Quién hace qué? Escucha otra vez y marca las casillas correctas. ▶ Destrezas, p. 137/21

18

	trabajar en el jardín	hacer la compra	limpiar la habitación	cuidar de la mascota	cocinar	poner la mesa	lavar los platos	poner el lavavajillas
María								
José								
Paco								
Marga								

4 Apunta qué tareas o deberes y qué derechos tienes tú en casa y cuáles tienen las otras personas de tu familia.

Wenn du noch andere Rechte und Aufgaben nennen möchtest, suche sie im Online-Wörterbuch und ergänze sie hier. ▶ Destrezas, p. 133/5

En casa, yo tengo que: ____________________

____

____

____

Mis derechos son: ____________________

____

____

____

Mi ____________ tiene que: ____________

____

Mi ____________ tiene que: ____________

____

Mi ____________ tiene que: ____________

____

Mi ____________ tiene que: ____________

____

5 Completa el texto con las formas del verbo **poner**.

Álex vuelve del instituto y ____________ su mochila en su escritorio. Después escribe un mensaje a sus amigas: «¿Chicas, me ____________ en la lista para el partido de mañana?».

En este momento, su madre la llama: «Álex, aquí está la compra, ¿____________ la leche en la nevera, por favor?».

Álex contesta: «Vale, ¿____________ la botella de agua ya en la mesa?».

La madre dice: «Sí, por favor. Luego ____________ la mesa juntas para la cena, ¿vale?».

Así, las dos ____________ la mesa y preparan la cena.

Adopta a un amigo

Comprender el texto

1 **Lee el texto en el libro (p. 78) y contesta las preguntas con pocas palabras.**

1. ¿Qué animal necesita más espacio, un hámster o una tortuga? → ______________________
2. ¿En qué tienes que pensar si quieres tener peces? → ______________________

   ____
3. ¿Cuántas veces tienes que salir con un perro? → ______________________
4. Los gatos son independientes, pero ¿qué necesitan? → ______________________

   ____
5. ¿Para qué necesitas dinero si tienes una mascota? → ______________________

   ____
6. ¿A quién puedes preguntar si quieres saber algo más sobre adoptar un animal? → ______________________

Practicar

2 ERKLÄRFILM **Compras un hámster y la vendedora te da consejos. Completa sus frases con el imperativo en singular.**

1. ______________ (*mirar*), aquí está tu hámster.
2. ______________ (*buscar*) un lugar para su jaula en tu casa.
3. ______________ (*limpiar*) su jaula cada semana.
4. ______________ (*pensar*) en la comida y el agua.
5. ______________ (*comprar*) juguetes para él.
6. Aunque no necesita mucha atención, ______________ (*jugar*) con él.

3 ERKLÄRFILM **El profesor dice a los alumnos lo que tienen que hacer. Completa las frases con el imperativo en plural.**

1. ¡______________ (*abrir*) el libro en la página 78!
2. ¡______________ (*escuchar*) el audio!
3. ¡______________ (*hacer*) los deberes!
4. ¡______________ (*trabajar*) en parejas!
5. ¡______________ (*cerrar*) los cuadernos!
6. ¡______________ (*escribir*) seis frases con imperativo!

¡Acuérdate!

4 **Completa el diálogo en un refugio para animales con las formas correctas de poder, querer y tener que.**

Nati: ____________ (*querer*/yo) tener un animal. ¿____________ (*poder*/yo) tener un gato?

Fani: No sé, ¿no ____________ (*poder*/nosotras) tener también un conejo?

Madre: Tú ____________ (*querer*) un conejo, tu hermana ____________ (*querer*) un gato y la otra, un perro. ¿____________ (*poder*/vosotras) tomar una decisión? Además, un animal no es juguete. ____________ (*tener*/nosotras) que preparar la casa para la mascota.

Nati: Vale, Fani, tú ____________ (*poder*) limpiar la jaula del conejo y yo ____________ (*poder*) comprar la comida.

Madre: Sí, pero ____________ (*tener*/vosotras) que saber que vais a tener mucha responsabilidad.

☆ **5** **Completa las frases con los pronombres de complemento indirecto me, te, le, nos, os, les.**

1. A mí ________ gustan las mascotas.
2. A ti ________ gusta tu tortuga Tico.
3. A él ________ gusta montar a caballo.
4. A nosotros ________ gustan los videojuegos.
5. A vosotros ________ gusta hablar español.
6. A ellas ________ gusta la música.

Practicar

6 ERKLÄRFILM **Completa las frases con los pronombres de complemento indirecto me, te, le, nos, os, les.**

1. –¡Que rico, un bocadillo de jamón! ¿________ das un poco? –________ doy todo el bocadillo, a mí no ________ gusta el jamón.
2. –¿Tienes tres gatos? ¿Qué ________ das de comer? –Siempre ________ doy comida especial para gatos.
3. –¿No sabéis cómo limpiar la jaula? Venid, ________ explico cómo hay que hacerlo.
4. –Pablo, María no tiene su estuche. ¿________ puedes dar un lápiz, por favor?
5. –Mañana es el cumple de Rubén. ¿Qué ________ podemos regalar?
   –¿Qué tal si ________ compramos una gorra?
6. –Hola, Pau, tienes muchas rosquillas, ________ das unas?
   –Claro, aquí ________ doy una a cada uno.

Escuchar

7 (19) **Escucha la conversación en la veterinaria y relaciona los inicios y finales de las frases. Hay dos finales que no necesitas.** ▶ Destrezas, p. 137/21

1. Paula está hablando con
2. Paula quiere saber
3. Para gatos no es bueno
4. Los gatos tienen que comer
5. El gato necesita un microchip[1]
6. El microchip cuesta

a. una veterinaria.
b. para poder ir otro país.
c. beber leche.
d. cómo está el gato.
e. beber agua.
f. 25 euros.
g. 75 euros.
h. comida especial para ellos.

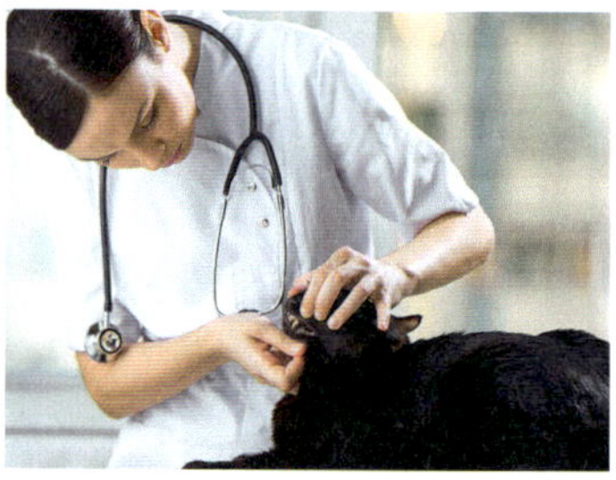

1 **el microchip** der Mikrochip

8 (20 ☆) **¿Qué ruidos hacen los animales en español? Relaciona los ruidos con las fotos.**

1  ☐ el cerdo

2  ☐ el caballo

3  ☐ el perro

4  ☐ el gallo

5  ☐ el gato

Escribir

9 **Escribe un e-mail a la página «Adopta un amigo» con la información sobre la mascota que buscas.**

buscar un/a... • *tiene* que ser grande / pequeño/-a • de color marrón/negro/blanco • *tener* tiempo para un animal • *tener* espacio en casa • *necesitar* un jardín / una jaula / una pecera / un terrario / [...]

Asunto:

Hola amigos, soy ______ *y busco* ______

Hablar

10 **Haced el juego tándem en la p. 97.**

Mediación

11 a **Tu amiga Gloria, de Málaga, quiere información sobre una escuela para perros cerca de tu casa. Esta es la página web de la escuela. Lee el e-mail con las preguntas de Gloria, busca la información en la página web y subráyala.** ► Destrezas, p. 142/42

Du wünschst dir einen fröhlichen, gut erzogenen Hund, der dich treu begleitet?

Wir helfen dir, eine gesunde Beziehung zwischen dir und deinem Tier aufzubauen. Hunde sind soziale Tiere, d. h. sie brauchen Aufmerksamkeit und Zuwendung, aber auch feste Regeln für das Zusammenleben mit anderen Menschen und Tieren. In unserer Hundeschule lernt dein Hund die wichtigsten Dinge für sein Leben in unserer modernen Welt kennen, also nicht nur Häuser, Parks und Wälder, sondern auch Autos, Fahrräder, Straßenlärm usw.

Die ersten zwei Monate lernt dein Hund allein bzw. mit seinen Artgenossen bei uns. Dann, im dritten Monat, kommst auch du dazu, und ihr lernt beide gemeinsam, wie ihr am besten miteinander auskommt. Du erfährst, welche Signale dein Hund aussendet, um dir mitzuteilen, ob es ihm gut geht oder nicht. Du lernst, wie du deinen Hund richtig an dich gewöhnst, ihn trainierst, belohnst und auch wie du ihn bestrafst, wenn er nicht tut, was du willst. Denn dein Hund muss lernen, dich zu respektieren und die Grenzen einzuhalten, die du ihm setzt, um im Alltag keine Probleme mit anderen Menschen und Tieren zu bekommen.

Unser Grundkurs: zwei Monate lang, drei Tage in der Woche je 90 Minuten	390 €
Unser Partnerkurs für Mensch und Tier: ein Monat lang, zweimal wöchentlich je 60 Minuten	240 €
Spezialtraining (Blindenführhunde, Rettungshunde, Polizeihund): je 90 Minuten	90 €

Neugierig? – Jeden Donnerstag von 17:00 bis 18:30 kannst du vorbeikommen und uns kennenlernen.

Asunto: Información sobre escuela para perros

¡Hola!
¡Hay una escuela para perros cerca de tu casa!
¿Me puedes dar más información? Quiero saber qué tipo de cursos hay. ¿Va el animal solo o también van las personas con sus mascotas? ¿Qué aprenden los perros en la escuela? ¿Cuánto tiempo duran los cursos? ¿Cuánto valen las clases?
Gracias 😊 Escríbeme pronto. Saludos, Gloria

11 b **Ahora contesta las preguntas de Gloria en un e-mail.** ► Destrezas, p. 142/42, 43

Te quiero contar algo

Comprender el texto

1 **Lee el texto «Te quiero contar algo» en la p. 82 del libro y corrige los errores en estas frases.**

1. Dos veces al mes, Martín, el primo de Nora, vuelve a casa. → ____________________
2. A Nora le gusta salir con sus padres. → ____________________
3. Nora quiere estar sola. A su madre le parece bien. → ____________________
4. Desde hace unas semanas, Nora y los padres no hablan. → ____________________
5. Nora tiene mucho tiempo para ella. → ____________________
6. Nora necesita más actividades. → ____________________
7. Nora normalmente no necesita el móvil. → ____________________
____
8. Martín y Nora hablan con sus amigos para resolver el problema. → ____________________
____

Vocabulario

2 **Una discusión entre Nora y su padre. Completa el diálogo con estas palabras.**

tiempo (2x) • móvil (2x) • espacio • resolver • tareas • ayudar • cambiar • amigos (2x)

Padre: Oye, Nora, siempre estás con tu ____________ y no nos escuchas a tu madre y a mí. Además, tienes que ayudar más con las ____________ en casa.

Nora: Bueno, papá, pero tu sólo me ves cuando vuelves a casa por la tarde y yo estoy chateando con mis ____________. No estoy mucho ____________ con el móvil... Yo también necesito mi ____________ y necesito estar en contacto con mis ____________.

Padre: Pero cuando hay que ____________ en casa, no puedes estar con el móvil. Eso tiene que ____________.

Nora: Bueno, papá, podemos ____________ esto. ¿Por qué no me dices un día antes qué hay que hacer? Entonces yo puedo hacer las cosas cuando tengo ____________. Y después puedo estar con el ____________.

Padre: Vale, a ver si funciona.

Practicar

3 ERKLÄRFILM

Martín ha recibido muchos mensajes. Le cuenta a Nora qué le dicen las personas.

Ramón
Hola Martín, vamos a un bar esta noche, ¿vienes? 15:16

Pilar
¡Ojo! el lunes la clase empieza a las 10.30. Chao 15:47

Mamá
Hola Martín, ¿Ya estás en Madrid? 18:07

Papá
Estamos con los abuelos y volvemos a las ocho. 18:56

Abuelo
Hola Martín, ¿cuándo vienes a nuestra casa mañana? 20:25

¡Acuérdate!

4 **Nora y Martín son hermanos, pero son muy diferentes. Escribe frases con negación como en el ejemplo.**

Ejemplo: Nora tiene 15 años. Martín no tiene 15 años.

1. *vivir* en Madrid / Nora 👍 / Martín 👎 *vivir* en Madrid / *vivir* en Bilbao
2. *despertarse* temprano / Nora 👎 / Martín 👍
3. *estudiar* en la universidad[1] / Nora 👎 / Martín 👍
4. *discutir* mucho con sus padres / Nora 👍 / Martín 👎
5. *jugar* al baloncesto / Nora 👍 / Martín 👎
6. *gustar* bailar hip-hop / Nora 👍 / Martín 👎

1 la universidad die Universität

Practicar

☆ 5

Hoy Nora tiene un mal día. Ella responde a las preguntas de la pandilla. Completa sus respuestas con no… nada, nadie y nunca. ▶ Gramática, p. 87

1. –¿Qué haces hoy? –No ____ hago ____.
2. –¿Con quién quedas hoy por la tarde? –____ quedo con ____.
3. –¿Conoces a mucha gente en tu barrio? –No, ____ conozco a ____.
4. –¿A veces vas en autobús al instituto? –No, ____ voy ____ al instituto en autobús.
5. –¿Compras algo en el quiosco? –No, ____ compro ____.
6. –¿Patinas muchas veces en el parque? –No, ____ patino ____ allí.
7. –¿Tienes ganas de comer algo? –No, ____ quiero comer ____.
8. –¿Tienes ganas de ir al cine con nosotros? –Oh sí, ¡tengo muchas ganas!

★ 6

Compara a los dos hermanos. ¿Qué hace uno? ¿Qué hace el otro? Forma frases con no… nada / no… nadie / no… nunca.
▶ Gramática, p. 87

Ejemplo: Pedro visita a los abuelos cada domingo.
Pablo no los visita nunca.

Denke daran, dass du **no** vor dem Verb (und vor den Pronomen) einfügen musst, wenn **nada**, **nadie** oder **nunca** nach dem konjugierten Verb stehen.

1 siempre *hacer* los deberes

2 *contar* todo a los padres

3 *hablar* con todos

4 *escribir* siempre mensajes

1. ____
2. ____
3. ____
4. ____

Escuchar

7 Pau y su padre, Antonio, discuten. Escucha el diálogo y contesta las preguntas con pocas palabras.

21 ☆

1. ¿Dónde están Pau y su padre, Antonio? ______
2. ¿Qué está haciendo Pau ahora con sus amigos? ______
3. ¿Por qué se preocupa Antonio? ______
4. ¿Qué idea del padre le gusta a Pau? ______

8 a Escucha el programa de radio y di cuál es el tema.

22 ★

______

8 b Escucha otra vez y marca las respuestas correctas.

22 ★

1. Para resolver los problemas hay que...
   - a. ☐ decir «sí» a todo.
   - b. ☐ ir a dormir temprano.
   - c. ☐ escuchar música juntos.
   - d. ☐ hablar en plan tranquilo.
2. Hay que escuchar e intentar...
   - a. ☐ no cambiar de idea.
   - b. ☐ seguir con la discusión.
   - c. ☐ entender a la otra persona.
   - d. ☐ convencer a la otra persona.
3. Los padres tienen que entender que...
   - a. ☐ los jóvenes son difíciles.
   - b. ☐ el mundo está cambiando.
   - c. ☐ los hijos no necesitan apoyo.
   - d. ☐ discutir no siempre es bueno.
4. Los hijos tienen que entender que...
   - a. ☐ los padres saben más.
   - b. ☐ los padres también son personas.
   - c. ☐ los padres no dan buenos consejos.
   - d. ☐ padres e hijos no pueden vivir juntos.

Pronunciación

9 a Escucha bien y repite. Intenta no hacer pausas entre las letras en rojo.

23

Una vez a la semana mis padres y yo damos un paseo en el parque, pero la verdad es que yo prefiero quedarme en casa y chatear con mis amigos.

9 b Erkläre, wann du zwei Wörter beim Sprechen zusammenziehst.

______

______

Hablar

10 Trabajad en grupos de cuatro: preparad el diálogo entre Nora, Martín y sus padres y presentadlo.

11 Haced el juego de rol (pp. 99/100).

Taller

facultativo

24 **1 a** **Escucha la conversación entre tres jóvenes y di de qué hablan. | Höre dir das Gespräch zwischen drei Jugendlichen an und sage, worüber sie reden.**

____

____

24 **1 b** **Escucha otra vez y marca las expresiones que utilizan los jóvenes en la conversación. | Höre noch einmal zu und markiere die Ausdrücke, die die Jugendlichen im Gespräch verwenden.**

No sé. • Es que... • Y luego ¿qué? • Muy bien. • Ah, ya veo. • A ver... • Entiendo. • ¿Cómo? • ¿Sabes? • Pues... • ¿Qué quieres decir? • ¿De verdad? • A mí también... • Bueno • ¡Vale! • ¡Claro! • Eso es. • Por eso... • ¿No? • ¿De verdad?

1 c **¿Qué expresiones utilizas para qué en una conversación? Apúntalas y completa la tabla con las expresiones del ejercicio 1b. | Welche Ausdrücke verwendest du wofür in einem Gespräch? Schreibe sie auf und ergänze die Tabelle mit den Ausdrücken aus Übung 1b.**

Zeit gewinnen	Partner/-in einbeziehen	nachfragen, staunen	zustimmen

2 **¡A jugar! | Ihr spielt zu dritt. Wer zuerst würfelt, fängt an, über das Thema der jeweiligen Augenzahl zu sprechen. Die beiden anderen stellen Fragen und sprechen dann auch über sich selbst, wie im Gespräch von Übung 1a. Nutzt auch die Ausdrücke aus der Tabelle von Übung 1c.**

- ⚀ Mi rutina diaria
- ⚁ Derechos y deberes en casa
- ⚂ Mis actividades favoritas
- ⚃ Mi ropa favorita
- ⚄ Mi fin de semana perfecto
- ⚅ Las mascotas

3 a Quedar con amigos: ordena el diálogo. | Ordne den Dialog zum Verabreden mit Freunden.

- [ ] Podemos ir al cine. ¿Qué te parece?
- [ ] Lo siento, el domingo a las doce no tengo tiempo. Es que, ... voy a estudiar para el examen de Alemán con Álex hasta las dos. ¿Quizás más tarde?
- [ ] Hm, no estoy seguro... Creo que va a hacer buen tiempo. Podemos jugar al baloncesto, ¿no?
- [ ] ¡Perfecto! ¡Hasta el domingo!
- [1] Hola, ¿qué vas a hacer el próximo fin de semana? ¿Tienes tiempo para quedar?
- [ ] Pues... ¿Tienes tiempo a las cuatro?
- [ ] Hola. ¡Sí, tengo tiempo! A ver... ¿qué tal el domingo a las doce?
- [ ] Ah sí, claro. ¡Es una buena idea! A mí también me gusta el baloncesto. Entonces quedamos en el parque el domingo a las cuatro para jugar al baloncesto, ¿vale?
- [ ] Sí, de acuerdo, a las cuatro. ¿Qué podemos hacer?

25 **3 b Escucha el diálogo y comprueba. | Höre den Dialog und überprüfe.**

3 c Practicad el diálogo en parejas. | Übt den Dialog zu zweit.

4 Ahora mirad vuestras agendas y quedad. | Schaut jetzt in eure Kalender und verabredet euch.

- Höre gut zu: Wie spricht die andere Person, was sagt sie, welche Wörter oder Redewendungen verwendet sie?
- Stelle Fragen: In einem Gespräch geht es nicht nur ums Antworten, sondern auch ums Fragen.
- Wenn du kurz überlegen musst, nutze Ausdrücke wie **pues**, **bueno**, **a ver** ... – sie halten das Gespräch am Laufen.
- Nutze Mimik und Gestik: Deine Körpersprache unterstützt deine Aussagen und macht das Gespräch lebendiger.
- Frage nach, wenn du etwas nicht verstehst: **¿Puedes repetir?** oder **¿Qué significa eso?**
- Zeige, dass du aktiv zuhörst, indem du wiederholst, was die andere Person gesagt hat: **Ah, ¿quieres ir al cine el viernes?**

Hola,
¿qué vas a hacer el martes a las seis?
¿Tienes tiempo para quedar?

A ver, miro mi agenda, bueno, tengo tiempo...

5 Practicad este diálogo entre Ismael y su madre. | Übt diesen Dialog: Ismael spricht mit seiner Mutter.

La madre	Ismael
1. Es ist schon spät, du musst ins Bett gehen	2. Erst halb elf, bin noch gar nicht müde
3. Verstehe, du bist noch nicht müde, aber du hast morgen früh Schule und musst deshalb schlafen	4. Bitte, noch eine halbe Stunde an der Konsole spielen dürfen
5. Nein, schlafen ist wichtiger!	6. Freunde später ins Bett, sind alle noch am Spielen
7. Kann sein, aber jede Familie hat ihre Regeln	8. Finde ich unfair, bin kein kleines Kind mehr
9. Jugendliche müssen acht Stunden schlafen	10. Einverstanden, jetzt ins Bett; aber: morgen darüber sprechen, ob am Wochenende später ins Bett?
11. Einverstanden, können morgen darüber sprechen	

4 Mi página

facultativo

Conozco estos derechos y deberes de los jóvenes en casa:

	DEBERES	DERECHOS	

Cuando hablo con alguien en español, puedo utilizar estas expresiones en la conversación:

para ganar tiempo	para decir que estoy de acuerdo	para decir que no estoy de acuerdo	para [...]

Utilizo el imperativo para decir a alguien que tiene que hacer algo, por ejemplo:

A mi mascota: ______

A mis padres: ______

A mi hermano/-a: ______

A ______

Utilizo el estilo indirecto cuando otras personas me dicen algo:

______ me dice que ______

______ me cuenta que ______

Y me preguntan...

si ______

dónde ______

APP ▶ Soluciones

Autocontrol

4

facultativo

1 **Completa con los pronombres de complemento indirecto me, te, le, nos, os, les.**

1. A Lili ________ gusta pasear con Chispa en el parque.
2. A mí ________ encanta bailar.
3. ¿A vosotras ________ parece bien ir a la playa esta tarde?
4. A Ismael ________ interesan mucho los cómics.
5. A Nora y a su hermano ________ encanta ir al cine juntos.
6. ¿A ti ________ gusta la música de Sofía Ellar?
7. A nosotros ________ parece estupendo tener una mascota.

2 **Completa lo que dicen los padres a Nora y a Martín. Utiliza el imperativo.**

1. Nora, ________________ (*limpiar*) tu habitación, por favor.
2. Martín, ________________ (*escribir*) un mensaje a la abuela.
3. Martín y Nora, ________________ (*comprar*) la comida para esta tarde.
4. Nora y Martín, ________________ (*poner*) la mesa para la cena, por favor.
5. Y Nora, ¡________________ (*pensar*) en los deberes para mañana!

3 **Escribe frases con la negación no... nada/nadie/nunca. Hay varias posibilidades.**

1. en la clase / no *haber* / nadie – ________________________________
2. Luisa / no *comer* / nunca / pescado – ________________________________
____
3. Pablo / nunca / *ayudar* / en casa – ________________________________
____
4. A los chicos / nada / les / *gustar* – ________________________________
____

4 **Escribe frases y preguntas indirectas. Utiliza decir o preguntar.**

1. **Nora:** «Quiero salir con mis amigos.» – ________________________________
2. **Martín:** «Estoy aquí para ti.» – ________________________________
3. **Lili:** «¿Dónde está Chispa?» – ________________________________
4. **La abuela:** «¿Venís a comer a mi casa?» – ________________________________

APP ▶ Soluciones

____

¿Cómo llego al parque?

Comprender el texto

1 **Vuelve a leer el texto en la página 92 del libro y contesta las preguntas.**

1. ¿Quién juega en el «Centro Deportivo la Chopera»?
2. ¿Dónde está el «Centro Deportivo la Chopera»?
3. ¿Por qué Pau no puede usar su móvil para buscar el camino?
4. ¿A quién le pide ayuda para encontrar el camino?
5. ¿Es fácil el camino?
6. ¿Qué le da el señor a Pau?

Practicar

2 ERKLÄRFILM **¿Cómo tiene que ir Pau? Escribe frases con estos elementos. Utiliza el imperativo en singular.**

seguir (todo recto) • *cruzar* (la plaza/calle) • *girar* (a la derecha/izquierda) • la primera/segunda calle

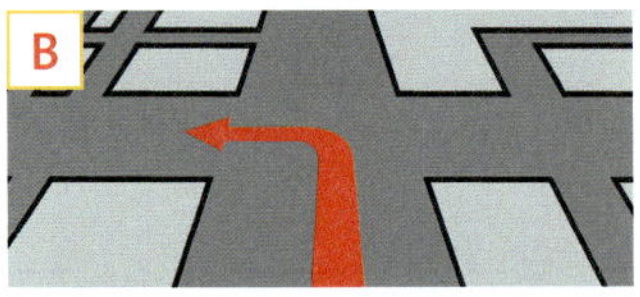

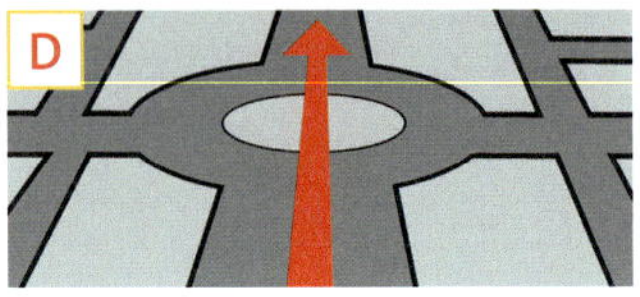

3 ERKLÄRFILM

En el día de puertas abiertas del instituto, estás en la entrada y les dices a los padres adónde tienen que ir.

seguir | *cruzar* | *girar* | *subir* | *entrar*

> In Spanien sprechen Jugendliche auch Erwachsene oft mit „du" bzw. „ihr" an.

1. **Dos padres:** Hola, queremos ver la exposición de Artes Plásticas...

   Tú: Ah, es fácil, es en el taller, entrad y ______________________

2. **Una madre:** El concierto empieza ahora, pero ¿adónde tengo que ir?

   Tú: Es en el aula de Música, entra, gira ______________________

3. **Dos abuelos:** ¡Uf, ya estamos cansados! ¿Dónde está la cafetería?

   Tú: Mirad, está allí al fondo, ______________________

4. **Un padre:** Busco el teatro. ¿Me ayudas, por favor?

   Tú: Claro, ______________________

Escuchar

4 26

Después del partido de fútbol de Álex, Pau quiere ir al CentroCentro. Como su móvil todavía no funciona, le pregunta a una señora por el camino. Escucha lo que dice y dibuja en el mapa el camino que describe.

Presentar un país

1 **Haz el crucigrama.**

horizontal
1. [...] N
2. [...] S
3. Un/a [...] es una persona que vive en un país.
4. La pizza es un [...] típico de Italia y de Argentina.
5. [...] O
6. Un día especial, un cumpleaños, etc. es una [...]
7. El nombre del país entre Chile y Brasil es [...].

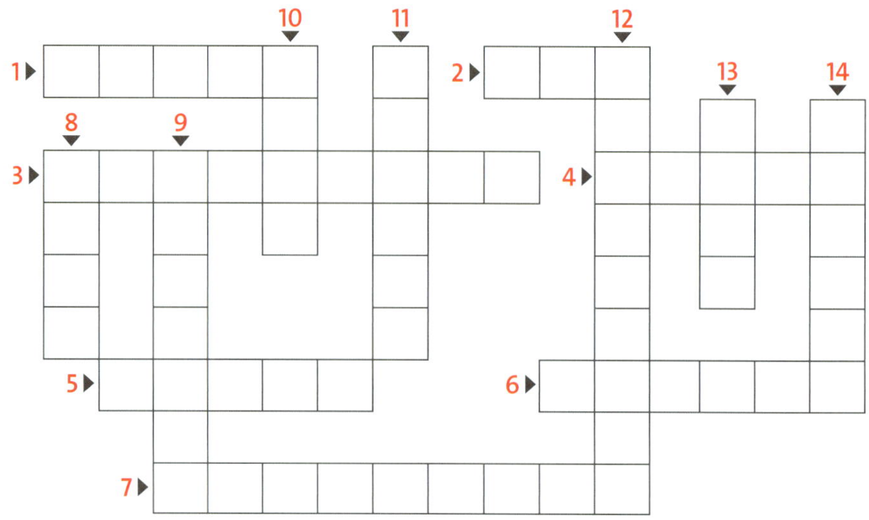

Vertical
8. La [...]: cuando en España son las 12:00, en Argentina son las 8:00.
9. Esta es la [...] de Argentina:
10. [...] E
11. el idioma = la [...]
12. El nombre completo del país es: [...] Argentina.
13. La fiesta nacional de Argentina es el 25 de [...].
14. El peso es la [...] de Argentina.

2 a **Para una presentación sobre Perú apuntas los números en palabras para recordarlos al hablar.** ▶ Los números, p. 147

Im Spanischen schreibst du Zahlen ohne Punkte: 12.698.000 Einwohner – 12 698 000 habitantes

Nombre oficial: República del Perú
Capital: Lima
Limita con: Ecuador y Colombia al N, Brasil y Bolivia al E, Chile al S y el Océano Pacífico al O

Superficie: 1 285 216 km² – *un millón doscientos ochenta y* ______

______

Número de habitantes: 33 715 471 – ______

______

Número de habitantes de las ciudades más importantes:

Lima: 10 100 717 – ______

Arequipa: 1 157 350 – ______

Cuzco: 466 590 – ______

Lengua oficial: español (también son oficiales el...

27 **2 b** **Escucha y comprueba.**

Escuchar

★ **3** 28

Escucha la presentación de Lili sobre Chile y completa la ficha. ▶ Destrezas, p. 137/21

Nombre oficial: ______________________ Capital: ______________________

Número de regiones: ______________________ Superficie: ______________________ km²

Limita con: ____

____

Lengua oficial: ______________________ Número de habitantes: ______________________

Número de habitantes de Santiago de Chile: aproximadamente[1] ______________________

Número de habitantes de Valparaíso: ______________________

Número de habitantes de Concepción: ______________________

Moneda: ______________________ Bandera:

Platos típicos: pastel de choclo[2], cazuela[3] y ______________________

Fiesta nacional: ______________________ (Día de la Independencia o Fiestas Patrias)

1 aproximadamente *ungefähr* **2 el pastel de choclo** *Gericht aus Mais, Hackfleisch und Hähnchen*
3 la cazuela *Gemüsesuppe mit Fleischeinlage*

4 **Quieres presentar a la clase de intercambio tu estado federado en Alemania u otro país que conoces bien. Completa la ficha con la información necesaria.** ▶ Destrezas, p. 133/5

Nombre oficial: ______________________

____

Capital: ______________________

Número de habitantes: ______________________

Ciudades más importantes: ______________________

____

Limita con: ______________________

____

Superficie: ____________ Bandera: ____________

Platos típicos: ______________________

1. Baden-Wurtemberg *m.* – Baden-Württemberg
2. Baviera *f.* – Bayern
3. Berlín *m.* – Berlin
4. Brandemburgo *m.* – Brandenburg
5. Brema *m.* – Bremen
6. Hamburgo *m.* – Hamburg
7. Hesse *m.* – Hessen
8. Mecklemburgo-Pomerania Occidental *m.* – Mecklenburg-Vorpommern
9. Baja Sajonia *m.* – Niedersachsen
10. Renania del Norte-Westfalia *f.* – Nordrhein-Westfalen
11. Renania-Palatinado *f.* – Rheinland-Pfalz
12. Sarre *m.* – Saarland
13. Sajonia *f.* – Sachsen
14. Sajonia-Anhalt *f.* – Sachsen-Anhalt
15. Schleswig-Holstein *m.* – Schleswig-Holstein
16. Turingia *f.* – Thüringen

Detalles de Argentina

Comprender el texto

1 **Lee el artículo en la p. 98 del libro y decide si estas frases son correctas o falsas. Corrige las frases falsas.**

1. El 25 de mayo, los argentinos celebran el Día de la Patagonia. ☐ Correcto ☐ Falso

   Corrección: ______________________

2. En agosto de 1536 el conquistador Pedro de Mendoza llegó al Río de la Plata. ☐ Correcto ☐ Falso

   Corrección: ______________________

3. Pedro de Mendoza fundó un puerto que más tarde se convirtió en Buenos Aires.

   Corrección: ______________________ ☐ Correcto ☐ Falso

4. 300 años después de 1810 Argentina comenzó el proceso de independencia. ☐ Correcto ☐ Falso

   Corrección: ______________________

5. El 25 de mayo de 1810 los argentinos formaron su primer gobierno. ☐ Correcto ☐ Falso

   Corrección: ______________________

6. El 9 de julio de 1916 los argentinos celebraron la independencia del país. ☐ Correcto ☐ Falso

   Corrección: ______________________

7. Héctor G. Oesterheld publicó el cómic *El Eternauta* entre 1957 y 1959. ☐ Correcto ☐ Falso

   Corrección: ______________________

8. El cómic también habla de la historia de Argentina. ☐ Correcto ☐ Falso

   Corrección: ______________________

9. El equipo nacional de fútbol de Argentina ganó la Copa del Mundo tres veces. ☐ Correcto ☐ Falso

   Corrección: ______________________

10. La selección argentina ganó su primera Copa del Mundo en 1986. ☐ Correcto ☐ Falso

    Corrección: ______________________

11. Messi y sus compañeros ganaron el trofeo de campeón del mundo en Argentina.

    Corrección: ______________________ ☐ Correcto ☐ Falso

12. En abril de 2024, científicos descubrieron una nueva especie de dinosaurio. ☐ Correcto ☐ Falso

    Corrección: ______________________

13. La especie de dinosaurio vivió en Panamá hace 66 millones de años. ☐ Correcto ☐ Falso

    Corrección: ______________________

Practicar

RKLÄRFILM **2**

El domingo, Álex y Rubén hablan sobre la fiesta el viernes en casa de Lili. Completa el diálogo con las terminaciones del pretérito indefinido de los verbos en -ar. ▶ Gramática, p. 107

Álex: El viernes nosotros organiz*amos*_____ una pequeña fiesta en casa de Lili.

Rubén: ¡Qué guay! ¿Quién prepar_____ la comida? ¿Lili? ¿O la prepar________ tú?

Álex: Ismael y yo prepar________ una tortilla muy rica. Cuando los otros lleg ________, primero tom______ (nosotros) algo y habl______ (nosotros). Luego Pau toc____ la guitarra y Nora bail_____.

Rubén: ¿También bail________ vosotros, Ismael y tú?

Álex: Pues yo no bail______, pero los otros sí bail______. Al final, todos ayud______ a limpiar.

3 **El robot de hacer frases no funciona. Forma frases con el pretérito indefinido.**

1. El tres de marzo	1. [yo]	1. *tomar* el sol en el parque.
2. Hace dos semanas	2. [tú]	2. *estudiar* para el examen.
3. El sábado por la mañana	3. Nora	3. *sacar* fotos en San Telmo.
4. El domingo por la tarde	4. [nosotras]	4. *visitar* el teatro Colón.
5. Hace un mes	5. [vosotros]	5. *bailar* en la plaza.
6. Hace dos días	6. Matías y su prima	6. *descansar*.

521: *Hace un mes tomaste el sol...*

142: ____________________

416: ____________________

253: ____________________

564: ____________________

325: ____________________

631: ____________________

ERKLÄRFILM ☆ **4**

Una excursión a la montaña. Completa las frases con la forma correcta del pretérito indefinido de los verbos en -ir. ▶ Gramática, p. 107

subisteis | escribiste | compartimos | descubrió | decidí | vivieron

1. [Yo] ____________ llevar mi cámara[1] para sacar fotos.
2. [Tú] ____________ en tu diario.
3. [Él] ____________ muchas cosas nuevas.
4. En el camino, nosotros ____________ historias.
5. [Vosotras] ____________ al punto más alto de la montaña.
6. Todos ____________ una experiencia fantástica.

1 **la cámara** *Kamera, Fotoapparat*

5 ERKLÄRFILM ☆

Nora habla con su hermano Martín del fin de semana. Subraya la forma correcta de los verbos en pretérito indefinido y tacha la forma incorrecta. ▶ Gramática, p. 107

Nora: El sábado **comimos** • **comisteis** (nosotros) en un restaurante nuevo. Yo **bebió** • **bebí** un zumo, y mis amigos **comieron** • **comimos** empanada gallega. Después **volvió** • **volvimos** (nosotros) a casa en autobús. **Llegamos** • **Llegasteis** (nosotros) tarde y casi **perdimos** • **perdieron** (nosotros) el bus. **Corrimos** • **Corrieron** (nosotros) muy rápido.

Martín: ¿Y el domingo? ¿**Comisteis** • **Comimos** (vosotros) también en un restaurante?

Nora: No, ¡qué va! El domingo **decidisteis** • **decidimos** (nosotros) ir al parque. Pau **tocó** • **toqué** la guitarra y yo también **aprendí** • **aprendió** a tocar una canción. Álex **respondió** • **respondimos** muchos mensajes de su madre y los otros **sacaron** • **sacamos** fotos y las **compartimos** • **compartieron**.

Martín: ¿Y tú? ¿También **compartiste** • **compartió** fotos?

Nora: Sí, yo también **escribió** • **escribí** mensajes y **compartiste** • **compartí** fotos de la cena con todos.

6 ERKLÄRFILM

Álex cuenta. Encuentra las formas de los verbos en pretérito indefinido y completa las frases.

> Bei einigen Verben ändert sich im **pretérito indefinido** die Schreibweise, damit der richtige Laut erhalten bleibt: **buscar** – [yo] **busqué**; **llegar** – [yo] **llegué**
> Manche Formen sind unregelmäßig: **leer** – [él/ella] **leyó**; [ellos/ellas] **leyeron**

El lunes _ _ _ _ _ _ (**leglué**) [yo] a casa a las seis de la tarde. _ _ _ _ _ _ (**bqsuué**) [yo] mi cuaderno de Matemáticas para hacer los deberes, pero no lo _ _ _ _ _ _ _ _ (**etoncnré**) [yo]. Mi hermano _ _ _ _ _ (**sucób**) (*buscar*) también y finalmente lo _ _ _ _ _ _ _ _ (**etnocnró**) [él]. Entonces yo _ _ _ _ _ _ (**mpcéee**) a estudiar para el examen de Mates. ¡Qué rollo! Por la noche _ _ (**iv**) [yo] un episodio de una serie argentina muy divertida. Después _ _ _ _ _ _ _ _ (**me asocté**) [yo] y _ _ _ (**eíl**) [yo] un poco. Mi hermano también _ _ _ _ (**lóye**) un cómic.

7 ERKLÄRFILM

Completa con las formas de los verbos en pretérito indefinido.
▶ Los verbos, p. 150

> Einige Verben, bei denen sich der Stammvokal im **presente** ändert, weisen auch im **pretérito indefinido** diese Besonderheit auf.
> vestir – [él/ella] vistió   pedir – [ellos/ellas] pidieron

	pedir	seguir	convertirse	vestirse
[yo]				
[tú]				
[él/ella]				
[nosotros/-as]				
[vosotros/-as]				
[ellos/ellas]				

★ **8** **Completa el texto sobre Lionel Messi con las formas correctas de los verbos en pretérito indefinido.**

Lionel Messi

JUGADORES | MESSI | EQUIPOS | PARTIDOS | CAMPEONATOS

Lionel Messi nació[1] el 24 de junio de 1987 en Rosario, Argentina. Con solo cuatro años __________________ (*empezar*) a jugar al fútbol, y con cinco años __________________ (*entrar*) en un equipo de su ciudad. Con 13 años, el FC Barcelona __________________ (*interesarse*) por él y Messi y su familia __________________ (*decidir*/ellos) ir a vivir a Barcelona, donde __________________ (*comenzar*/él) su carrera. En 2004, con solo 17 años, __________________ (*jugar*/él) por primera vez con el primer equipo del Barça en un partido oficial.

Con los años, Messi __________________ (*convertirse*) en uno de los jugadores más importantes del equipo. Él y su equipo __________________ (*ganar*) muchos títulos, como la Liga de España, la Copa del Rey y la Champions League. Messi también __________________ (*recibir*) premios individuales, como el Balón de Oro como mejor jugador del mundo.

En 2021, después de más de 20 años en el Barcelona, Messi __________________ (*dejar*) el club y __________________ (*empezar*) a jugar en el Paris Saint-Germain (PSG).

Su mayor triunfo __________________ (*llegar*) en 2022, cuando __________________ (*ganar*) la Copa del Mundo con la selección argentina en Qatar. Durante el torneo, Messi y sus compañeros __________________ (*jugar*) muy bien. Finalmente __________________ (*levantar*/ellos) el trofeo de campeones del mundo y __________________ (*continuar*/ellos) la leyenda del fútbol argentino.

Gracias a su talento, esfuerzo y dedicación, Lionel Messi __________________ (*convertirse*) en un ídolo para millones de personas no solo en Argentina sino en todo el mundo.

1 nació (nacer) *geboren werden*

Hablar

9 **Haced el tándem en la p. 98.**

El diario de Álex

Comprender el texto

1 **Álex está ordenando las fotos de su viaje. Lee su diario (libro, p. 102) y escribe arriba de cada foto la fecha y abajo lo que Álex apunta para ese día.**

anteayer – vorgestern
ayer – gestern
anoche – gestern Abend

¡Ganaron 4:0! • Comencé el viaje por el norte •
Visité el Cerro de los Siete Colores •
~~Llegué a Buenos Aires y~~ •
Paseé por el Barrio de la Boca •
con ganas de ver a mi familia. •
Con papá fuimos a San Telmo •
Vi un partido del Boca Juniors con mi tía. •
y saqué muchas fotos. •
Volví a Buenos Aires, •
y vi las Cataratas de Iguazú. •
~~fui directamente a Iguazú.~~ •
y comimos empanadas. •
con mi abuelo.

9 de abril

Llegué a Buenos Aires y fui directamente a Iguazú.

______ de abril

______
______
______

______ de abril

______
______
______

______ de abril

______
______
______

______ de abril

______
______
______

______ de abril

______
______
______

19 de abril

______
______
______

Vocabulario

2 **Ordena estas expresiones en la línea de tiempo.**

el lunes pasado • hace dos siglos • ayer • hace dos horas • en 2022 • hace dos meses • anteayer • anoche

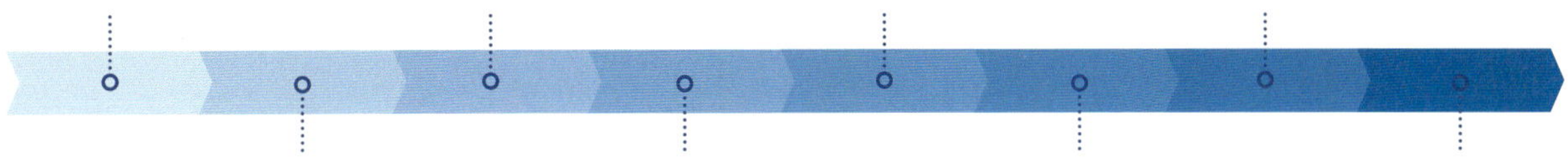

Practicar

3 **¿Qué les duele? Completa las frases con duele/duelen y la parte del cuerpo.** ▶ Los verbos, p. 152

1. Álex ya no puede caminar más por Buenos Aires porque le ________ los ________. 
2. Como escribe mucho en su diario, a Álex le ________ la ________. 
3. En Ushuaia hace mucho frío, por eso me ________ la ________. 
4. –Chicos, estáis mucho tiempo delante del móvil ¿no os ________ los ________? 
5. Llevo un aparato nuevo por eso me ________ los ________. 

ERKLÄRFILM **4** **Completa las tablas con las formas de los verbos irregulares en pretérito indefinido.**

hicisteis • hice • fue • fuimos • fui • fueron • tuvimos • hicimos • hiciste • estuve • estuvimos • tuviste • tuvieron • tuvisteis • fuiste • tuvo • estuvisteis • hizo • estuvo • fuisteis • estuvieron • hicieron • estuviste • tuve

estar	tener	hacer	ir/ser
estuve			

¿Dónde estuviste ayer?

Fui al cine con Pablo.

¿Qué hicieron el miércoles?

Tuvimos clase de guitarra.

5 **¿Qué hicieron? Escribe seis frases en pretérito indefinido en tu cuaderno. Utiliza todos los verbos.**

[Yo]			el puerto. / la librería. / la Patagonia.
[Tú]	*ir*		rutas en bici de montaña.
Álex	*hacer*	a	ganas de visitar las cataratas.
[Nosotras]	*tener*	en	suerte con el tiempo.
[Vosotros]	*estar*		el estadio de Boca Juniors.
[Ellas]			senderismo en el Parque Nacional.

6 **Lee el mensaje de Martín sobre el viernes pasado y complétalo con estos conectores.**

▶ Destrezas, p. 141/38

finalmente • de repente • después • que • más tarde • primero • luego (2 x) • como • por eso

¡Hola! El viernes me desperté temprano. ____________ preparé el desayuno. ____________ me duché y me vestí. *Luego* ____________ fui al parque. ____________ empezó a llover. ____________ volví a casa. ____________ llamé a Nora ____________ me contó de un conflicto con mamá. ____________ quedé con mis amigos. ____________ mis amigos llegaron tarde, tuve que esperar. ____________ llegaron y lo pasamos muy bien. Y tú ¿qué hiciste el viernes? ¡Cuéntame!

Escribir

7 **¿Qué hiciste el viernes pasado? Responde al mensaje de Martín en tu cuaderno. Utiliza conectores.**

8 **Álex sucht in Buenos Aires noch eine Buchhandlung. Du findest diesen Blog und hilfst ihr. Schreibe eine Nachricht und sage ihr, wo die Buchhandlung sich befindet, wann sie hingehen kann und was es dort gibt.**

BUCHWURMBLOG

Du reist gern? Du liest gern? Du gehst gern ins Theater? Dann habe ich eine wunderbare Empfehlung für dich. Allerdings musst du dafür nach Buenos Aires. Denn dort, in der Avenida Santa Fe 1860 (Callao, U-Bahnlinie D), befindet sich das Ateneo, die schönste Buchhandlung der Welt.

Ja, es gibt auch andernorts originelle Buchhandlungen in alten Fabriken, Museen oder sogar Kirchen. Aber dieses Büchertheater ist wirklich etwas ganz Besonderes. Und das will in einer Stadt mit 700 Buchhandlungen schon etwas heißen.

Das Gebäude wurde im Jahre 1919 als Theater eröffnet und später zu einem Kino umgebaut. Nach Umbau öffnete es 2002 als größte Buchhandlung von Buenos Aires. Der ehemalige Zuschauerraum ist riesig, und trotzdem fühlst du dich zwischen den Regalen geborgen und kannst stundenlang stöbern. Überall stehen Bänke und Sessel zum Probelesen. Es gibt eine kuschelige Kinderbuchabteilung und auch Bücher auf Englisch. Hast du Hunger oder Durst, steigst du einfach auf die ehemalige Theaterbühne und setzt dich an einen der Café-Tische für einen leckeren Kakao.

Das Ateneo ist jeden Tag von neun bis neun geöffnet, sonntags erst ab zwölf. Wenn du deine Ruhe haben möchtest, dann komm am besten unter der Woche am Morgen.

Escuchar

29 **9 a** **Álex está en Ushuaia y llama a Ismael. ¿Qué cuenta sobre los dos últimos días de su viaje? Escucha la llamada una o dos veces y dibuja las dos rutas en el mapa.**

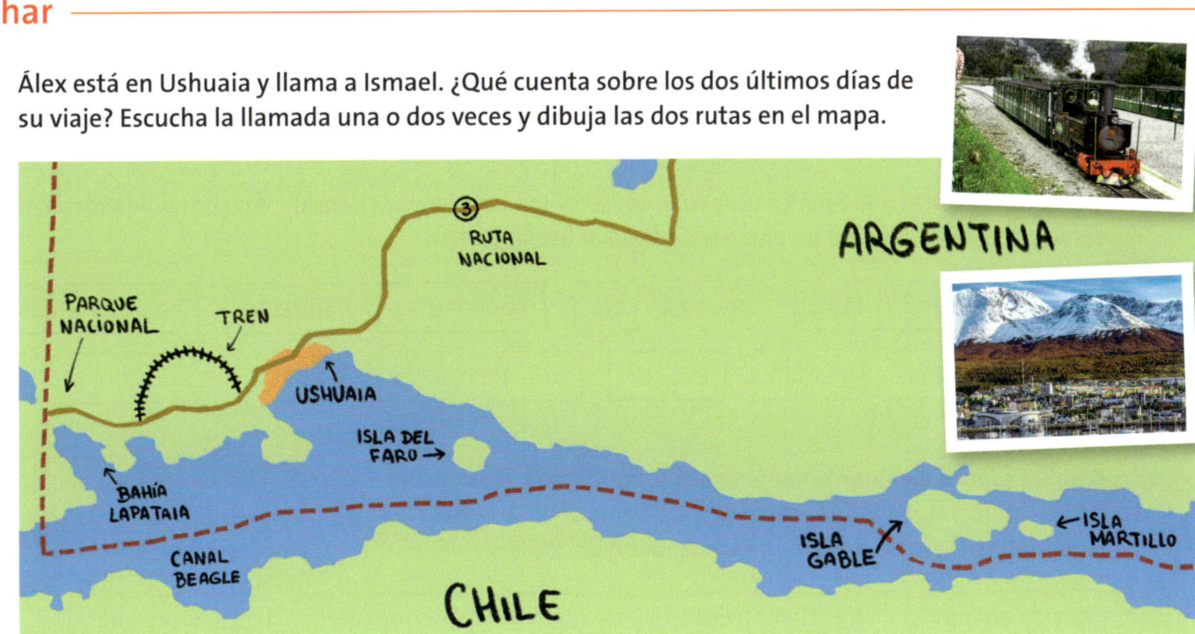

Ruta del 26 de abril en barco: Ushuaia – ______

Ruta del 27 de abril: Ushuaia – ______

______

29 **9 b** **Escucha otra vez y contesta las preguntas en pocas palabras.**

1. ¿Qué hicieron los pingüinos? ______
2. ¿Cuántos kilómetros son del final de la Ruta Nacional 3 hasta Buenos Aires? ______
3. ¿Dónde está Álex y adónde va mañana? ______

facultativo

1 **Marca con una cruz cuáles son buenas ideas cuando tienes que hablar delante de la clase. | Kreuze an, welche Aussagen zutreffen, wenn du vor der Klasse sprechen sollst.**

1. Respirar[1] tranquilo/-a. ☐
2. Hablar despacio. ☐
3. Mirar tus apuntes todo el tiempo. ☐
4. Mirar a la clase. ☐
5. Hablar en voz alta. ☐
6. Hablar rápido y sin pausas. ☐
7. Hablar con pausas y con buena entonación. ☐
8. Tener apuntes breves y mirarlos sólo de vez en cuando. ☐
9. Practicar antes con tus amigos o tu familia. ☐
10. Usar mucho vocabulario nuevo. ☐
11. Usar la inteligencia artificial[2] para tener una presentación perfecta. ☐
12. Usar palabras que conoces bien. ☐

1 respirar *atmen* **2 la inteligencia artificial (IA)** *= die Künstliche Intelligenz (KI)*

2 **Marca las palabras que puedes usar cuando necesitas tiempo para pensar. | Markiere die Wörter, die du verwenden kannst, wenn du eine kleine Denkpause brauchst.**

pues | a ver | mira | bueno | tío | buenos días | correcto | en otras palabras
espera | hola | perdón | es decir | lo siento mucho | es que | ¿Qué hora es?

3 a **A habla espontáneamente sobre uno de estos temas. B escucha. Luego intercambiad los papeles. | A spricht aus dem Stegreif über eines dieser Themen. B hört zu. Tauscht dann die Rollen.**

¿Hablar espontáneamente no es tu fuerte? ¡Toma apuntes antes de empezar a hablar!

la vida en familia | el tiempo libre | mi región | mi mascotas | mis vacaciones

____

____

____

____

____

____

3 b **B da un feedback con los puntos del ejercicio 1. | B gibt Feedback mit den Aspekten aus Übung 1.**

3 c **Practica tu presentación otra vez y grábate en vídeo. Luego mira el vídeo, ¿qué puedes mejorar? | Übe deinen Kurzvortrag noch einmal und nimm dich auf. Schau dir das Video an: Was kannst du noch besser machen?**

facultativo

4 a **Elige una de las cuatro fotos y descríbela a otra persona. | Wähle eines der vier Fotos aus und beschreibe es einer anderen Person.** ▶ Destrezas, p. 139/33

Describir y hablar de una foto o una imagen:

En la foto / En el dibujo / En la imagen... en el centro a la derecha / a la izquierda al fondo / en el primer plano arriba/abajo delante de / detrás de / al lado de... Esta foto (no) me gusta porque... Esta imagen me llama la atención porque... Este dibujo es bonito/feo porque...	hay un/a... está(n) ... vemos... veo... puedes ver	... que está(n) haciendo... ... que parece(n) + *adj.* ... que lleva(n) ... ... que tiene(n) ...

1

2

3

4

4 b **Explica por qué elegiste la foto. | Erkläre, warum du das Foto ausgewählt hast.**

4 c **Cuenta lo que pasó antes de lo que ves en la foto. Utiliza el pretérito indefinido. | Erzähle im pretérito indefinido, was vorher passiert ist.**

5 **Prepara una charla de tres minutos sobre tu lugar favorito. Toma apuntes. Practica tu charla delante del espejo o grábate en vídeo. Presta atención a la pronunciación y la mímica. Corrige los errores. | Bereite einen Drei-Minuten-Vortrag über deinen Lieblingsort vor. Mach dir Notizen. Übe vor dem Spiegel oder nimm ein Video von dir auf. Achte auf Aussprache und Mimik. Korrigiere deine Fehler.** ▶ Destrezas, p. 139/32

Mi página

facultativo

Conozco el pretérito indefinido y puedo contar lo que hice:

En el viaje / la excursión a ______

El fin de semana pasado: ______

Anteayer: ______

Ayer: ______

▶ Soluciones

Gramática

1 **Martín cuenta de su visita a Madrid. Completa con los verbos regulares en pretérito indefinido.**

El sábado, Nora y yo ________________ (*pasar*/nosotros) dos horas en el parque. Yo ________________ (*descansar*) en un banco, ________________ (*comer*) un bocadillo y ________________ (*escribir*) mensajes. Nora ________________ (*comprar*) dos helados y ________________ (*charlar*) con el vendedor. Luego ________________ (*beber*/nosotros) algo y ________________ (*comer*/nosotros) helado. ______________ (*conocer*/nosotros) a dos chicos: Yésica y Leandro. Nos ________________ (*invitar*/ellos) a jugar al baloncesto con ellos. Al final del día, ________________ (*volver*/nosotros) a casa cansados, pero contentos. Yésica y Leandro ________________ (*quedarse*) todavía en el parque. Más tarde nos ________________ (*llamar*/ellos) y ________________ (*quedar*/nosotros) el próximo sábado.

2 **Completa el diálogo entre Álex y su prima Maite con las formas del pretérito indefinido de leer y ver.**

Álex: Yo ___________ (*leer*) *Memorias de Idhún* en el verano. ¿Tú lo _____________ (*leer*) también?

Maite: Todavía no, pero mis primas lo _____________ (*leer*) y les gustó mucho.

Álex: A mi hermano le encantan los libros de ciencia ficción. Él ___________ (*leer*) *Dune* en agosto.

Maite: Ah, es muy famoso. ¿También ________________ (*ver*/ustedes) las películas?

Álex: Yo ________________ (*ver*) solo la primera parte, pero mi hermano ________________ (*ver*) las dos partes. ¿Tú las ________________ (*ver*) también?

Maite: Sí, ________________ (*ver*/nosotros) las dos películas con toda la familia, ¡son impresionantes!

3 **Completa lo que cuenta Álex con la forma correcta del pretérito indefinido de los verbos irregulares.**

Ayer ________________ (*ser*) un día fantástico porque Carlos ________________ (*tener*) la idea genial de ir a la playa con mis tíos. ________________ (*ir*/nosotros) muy temprano. Mis primas ________________ (*estar*) muy contentas. Lola ________________ (*hacer*) un castillo de arena[1] y yo ________________ (*estar*) todo el día debajo de la sombrilla[2]. ________________ (*hacer*/nosotros) muchos juegos con la pelota. Todo ________________ (*ser*) perfecto y ________________ (*volver*/nosotros) a casa felices. Y tú, ¿adónde ________________ (*ir*)? ¿Qué ________________ (*hacer*/vosotros)? ¿________________ (*estar*/vosotros) también en la playa?

1 el castillo de arena *die Sandburg* **2 la sombrilla** *der Sonnenschirm*

APP ▶ Soluciones

Cómo vivía sin móvil

1 **Lee otra vez el texto «Cómo vivía sin móvil» y marca siempre la respuesta correcta.**

1. Cada vez más gente tenía Internet a partir...
   a. ☐ del año 2000.
   b. ☐ de los años 80.
   c. ☐ de la segunda mitad de los años 90.
2. Con los primeros móviles no podías...
   a. ☐ hacer llamadas
   b. ☐ conectarte a Internet.
   c. ☐ enviar mensajes (SMS).
3. Usaban abreviaciones en los SMS porque...
   a. ☐ los SMS eran muy largos.
   b. ☐ pagaba por el número de letras.
   c. ☐ no existía otra forma de comunicación.
4. Para quedar, antes las personas...
   a. ☐ usaban mapas.
   b. ☐ llamaban a los amigos.
   c. ☐ acordaban la hora y el lugar.
5. Para comunicarse, también existían...
   a. ☐ cartas y postales.
   b. ☐ teléfonos en restaurantes.
   c. ☐ teléfonos fijos en las casas.
6. La madre tiene pocas fotos de cuando era joven porque...
   a. ☐ no le gustaba salir en las fotos.
   b. ☐ no existían selfis ni redes sociales.
   c. ☐ ella prefería hacer fotos de otra gente.

ERKLÄRFILM **2** **¿Qué hacía la gente en los años 90? Completa la tabla con las terminaciones correctas.**

-íamos • -ías • -ábamos • ía • -aba • -íais • -ía • -abas • -ía • -ía • -aba • -ían • -abais • -íamos • -aban • -ías • -íais • -ían

	Verbos en -ar	Verbos en -er	Verbos en -ir
[Yo]	qued_______ con mi amigo.	ten_______ un perro.	viv_______ en un pueblo.
[Tú]	sac_______ fotos.	no hac_______ selfis.	compart_______ habitación.
Mi tío	bail_______ flamenco.	pod_______ ir en bici al cole.	prefer_______ el cine al teatro.
[Nosotras]	pag_______ con pesetas.	com_______ helados.	escrib_______ postales.
[Vosotros]	contest_______ cartas.	pon_______ la mesa.	ten_______ siempre tiempo.
[Ellas]	mand_______ mensajes.	le_______ cómics.	no exist_______ los selfis.

☆ **3** **Marisol cuenta a su hijo Daniel de cuando era pequeña. Completa con el pretérito imperfecto.**

Marisol: Cuando era niña, siempre _______________ (*pasar*/yo) vacaciones de verano muy divertidas. Mis hermanos y yo _______________ (*hacer*/nosotros) muchas cosas juntos. En la playa, _______________ (*jugar*/nosotros) con otros niños que _______________ (*estar*/ellos) de vacaciones. A la hora de comer, nunca _______________ (*querer*/nosotros) salir del agua.

Mi tía nos ________________ (*comprar*/ella) helados deliciosos. ______________________ (*escuchar*/ nosotros) el sonido de las olas, ¡nos ________________ (*gustar*/esto) mucho! Y no ________________ (*tener*/yo) móvil porque no ________________ (*existir*/ellos) los teléfonos móviles como hoy.

4 ERKLÄRFILM **Completa con las formas correctas de ir, ser y ver en el pretérito imperfecto.**

	ir	ser	ver
[Yo]	*iba*		
[Tú]		*eras*	
[él/ella]			*veía*
[nosotros/-as]		*éramos*	
[vosotros/-as]	*ibais*		
[ellos/ellas]			*veían*

★ **5** **Completa el texto con las formas correctas del pretérito imperfecto de ir, ser o ver.**

Cuando yo ______________ niño, siempre pasaba las vacaciones en el pueblo de mis abuelos. Mis primos y yo ______________ al río para pasar las tardes. Allí, nosotros ______________ los peces en el agua del río. El lugar ______________ perfecto para jugar. Al final del día, toda la familia ______________ a la casa de la abuela para cenar. ¡______________ (*ser*/nosotros) catorce personas! Mi abuelo contaba historias de cuando él ______________ joven. A veces ______________ (*ver*/yo) la tele o ______________ (*ir*/yo) al cine.

6 **¿Qué hacías tú en las vacaciones de verano cuando eras niño/niña? Escribe diez frases en tu cuaderno.**

Escuchar

7 (30) **Escucha lo que cuenta Pilar, la madre de Pau, y marca para cada pregunta la respuesta correcta.**

1. ¿Qué no hacían los chicos antes?
   a. ☐ Ver la televisión
   b. ☐ Jugar en la calle
   c. ☐ Escuchar música
   d. ☐ Ver series en Internet
2. ¿Qué hacían los chicos con la música?
   a. ☐ Grababan canciones de la radio.
   b. ☐ Compraban canciones en Internet.
   c. ☐ Buscaban las canciones en su teléfono.
   d. ☐ Compraban cedés[1] que no eran caros.
3. ¿Cómo sabían que era la hora de cenar?
   a. ☐ Escuchaban la radio.
   b. ☐ Miraban el reloj del móvil.
   c. ☐ Lo sabían porque tenían hambre.
   d. ☐ Los llamaban desde la ventana.
4. ¿Por qué a Pilar le gustaba ir a la biblioteca?
   a. ☐ Había videojuegos.
   b. ☐ Era un lugar tranquilo.
   c. ☐ En su casa no había libros.
   d. ☐ Era un lugar para quedar con amigos.

1 **el cedé** Compact Disc (CD)

Una noche mágica

Comprender el texto

1 **Vuelve a leer el texto en la página 118 del libro y contesta las preguntas.**

1. ¿Cuál es la comida típica de la noche de San Juan? ______
2. ¿Dónde tocan las bandas de música? ______
3. ¿Qué tienes que hacer para tener suerte? ______
4. ¿Para qué usan el agua de las hierbas de San Juan? ______

Practicar

2 ERKLÄRFILM

Completa la tabla con los participios de los verbos regulares.

pensar • jugar • querer • dormir • intentar • venir • beber • informar • seguir • comer • preparar • reciclar • perder • salir • invitar • llegar

Verbos en -ar		Verbos en -er	Verbos en -ir
invitado	______	______	______
______	______	______	______
______	______	______	______
______	______	______	______

3 ERKLÄRFILM

Encuentra los participios irregulares de estos verbos en la sopa de letras y apúntalos.

1. hacer → ______
2. volver → ______
3. resolver → ______
4. abrir → ______
5. descubrir → ______
6. decir → ______
7. escribir → ______
8. ser → ______
9. ver → ______
10. pone → ______
11. ir → ______
12. leer → ______

S	T	E	B	P	A	V	R	T	O	S
D	E	S	C	U	B	I	E	R	T	O
I	P	C	S	E	I	S	S	E	V	L
C	R	R	I	S	E	T	U	L	U	E
H	A	I	D	T	R	O	E	G	E	I
O	E	T	O	O	T	U	L	R	L	D
I	D	O	E	T	O	H	T	A	T	O
Q	P	H	E	C	H	O	O	Z	O	A
A	J	A	M	O	N	R	P	A	N	F

4 **Nora habla con su hermano Martín que estudia en Bilbao. Completa con los verbos en pretérito perfecto.**

Martín: ¡Hola Nora! ¿Qué tal? ¿Todo bien? ¿Qué ______________________ (*hacer*/tú) hoy?

Nora: Hoy ______________________ (*ser*) genial: es San Isidro, los institutos no ______________________ (*abrir*) y nosotros no ______________________ (*tener*) clase. Por eso, hoy yo ______________________ (*dormir*) hasta las diez. Luego Álex e Ismael ______________________ (*quedar*) conmigo.

Martín: ¡Qué bien! Nosotros hoy ______________________ (*tener*) Naturales. ¡______________________ (*terminar*/yo) esta mañana mi presentación sobre los volcanes! Pero todo ______________________ (*salir*) bien y el profe me ______________________ (*decir*): «muy bien».

Nora: ¡Qué suerte! Bueno, tengo que irme porque ______________________ (*venir*) Álex. ¡Hasta mañana!

5 **Completa con las formas correctas del pretérito perfecto de estos verbos reflexivos.**

despertarse • *prepararse* • *lavarse* • *ducharse* • *ponerse*

Bei den reflexiven Verben steht das Reflexivpronomen im **pretérito perfecto** vor der Form von **haber**.

1

Álex y Lola todavía no ______________________, pero Mango sí: ya ______________________ a las seis de la mañana.

2

–¿______________________ (vosotros) para el examen?

–Uf, no, todavía no ______________________ (nosotros).

3

–Lola, ¿ya ______________________ (tú) los dientes?

–Claro mamá, ya ______________________ (yo) los dientes, pero todavía no ______________________.

4

–Álex, ¿por qué ______________________ (tú) el jersey?

–Porque hace frío. Por eso ______________________ (yo) el gorro también.

Escuchar

6 **Pau habla con Álex e Ismael. Escucha y marca en la tabla quién hoy ya ha hecho qué.**

31

	pasar la aspiradora	hacer la compra	recoger el lavavajillas	poner la mesa	hacer los deberes	leer	ver la tele
Pau							
Álex							
Ismael							

¿De quién es el gato? de Gonzalo Rojas Cisternas

Es un domingo por la tarde y hace bastante frío. Nora y Álex están en casa de Nora porque van a ir juntas al cine. Aunque el cine está cerca, tienen que salir rápido porque ya es tarde y la película va a comenzar. Álex no tiene ganas de correr, pero Nora no quiere llegar tarde. Cuando salen de la puerta de casa de Nora, las chicas ven algo en un rincón.

1 **quizás tiene frío** *vielleicht ist ihm kalt*

Las dos llegan al cine justo a tiempo. La película va a empezar en pocos minutos. En el cine, Alex y Nora piensan en el gato. ¿Está todavía en la calle? ¡Pobre gato[2]!

2 **¡Pobre gato!** *Arme Katze!*

Cuando vuelven después del cine, las chicas ven que el gato todavía está allí, en la puerta del edificio de Nora. Está solo, no tiene comida y tampoco agua. ¿Qué pueden hacer las chicas?

Nora toma al gato y sube a su piso. Sabe que sus padres no quieren tener mascotas en casa. Cuando abre la puerta del piso, el gato salta[3] y corre hacia la habitación de Nora. Desde la cocina, la madre pregunta:

3 **salta** *springt*

Nora va rápidamente a su habitación y cierra la puerta. Unos minutos más tarde, su madre la llama porque la comida ya está lista y van a cenar. Nora va a la mesa donde está esperando su familia y se sienta en su silla.

Amaia se levanta y va a la habitación. Allí descubre el gato debajo de la cama, ¡qué sorpresa! Toda la familia va a la habitación de las chicas.

La madre de Nora piensa que, quizás, el gato es del vecino nuevo en el tercer piso. Así, Nora va y pregunta al vecino nuevo y luego a todos los vecinos del edificio, pero nadie conoce al gato. Entonces, Amaia propone llamar al refugio de animales.

4 **la espalda y la cola** *der Rücken und der Schwanz*

En el refugio dicen que, de momento, nadie echa de menos a un gato en el barrio. Nora da su número de móvil a la persona del refugio de animales. ¿Va a llamar alguien que busca a su gato?

En ese momento, alguien llama al teléfono de Nora. Es el refugio de animales: «Hola, un chico de vuestra calle dice que busca a su gato desde ayer. Él vive en el número 14.» Poco después tocan el timbre[5] del piso. Es el chico que busca a su gato.

5 **tocan el timbre** *jmd klingelt*

1 **Ordena las frases para resumir la historia.**

- [ ] Nora llama al refugio de animales.
- [1] Nora y Álex van juntas al cine.
- [ ] Los padres de Nora no quieren tener el gato en casa.
- [ ] Amaia dice que Nora y ella van a ayudar más en casa.
- [ ] Nora lleva el gato a su casa.
- [ ] Nora pregunta en el edificio si alguien busca su gato.
- [ ] Daniel viene a buscar su gata, Paca.
- [ ] En el cine, mientras están viendo la película, las chicas piensan en el gato.
- [ ] Las chicas encuentran un gato en la calle.
- [ ] A Amaia también le gusta el gato.

2 a **Los padres de Nora no quieren tener un gato en casa. Apunta sus razones. | Noras Eltern wollen keine Katze im Haus haben. Schreibe auf, warum sie so denken.**

No tienen espacio. ____________________

____

____

____

2 b **Apunta ahora lo que propone Amaia para convencer a su padre. | Schreibe nun auf, was Amaia vorschlägt, um ihren Vater zu überzeugen.**

____

____

____

____

3 **Tu amigo Niko quiere tener un gato, pero sus padres están en contra. Apunta argumentos para ayudarle. | Dein Freund Niko möchte eine Katze haben, aber seine Eltern sind dagegen. Sammle Argumente für ihn.**

____

____

____

4 **Ekai, el hermano de Nora y Amaia, dice «gato» en la lengua de signos española. Averigua cómo se dice en la lengua de signos alemana. | Ekai, der Bruder von Nora und Amaia, sagt „Katze" in der spanischen Gebärdensprache. Erkundige dich, wie du es in der deutschen Gebärdensprache sagst.**

Tándem Unidad 1

So arbeitet ihr mit einem Tandembogen:

- Legt fest, wer **A** und wer **B** ist.
- Faltet das Blatt in der Mitte. **A** hat die linke Spalte vor sich. **B** sieht sich nur die rechte Spalte an.
- **A** beginnt und liest eine Frage vor. **B** beantwortet sie.
- **B** hilft oder korrigiert **A**, wenn es nötig ist.
- Dann liest **B** die nächste Frage vor und **A** beantwortet sie.
- Nach einem Durchgang tauscht ihr die Rollen.

Aquí practicáis el gerundio. | Hier übt ihr das gerundio.

A

A: ¿Qué están haciendo los alumnos?

B: Están haciendo un examen.

A: *pasear*/perro

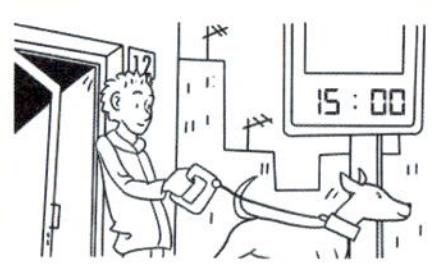

A: ¿Qué está haciendo la chica?

B: Está leyendo un libro.

A: *tocar*/guitarra

A: ¿Qué están haciendo Blanca y Vanesa?

B: Están hablando por teléfono.

A: *ir*/bicicleta

A: ¿Qué están haciendo esos chicos?

B: Están jugando al baloncesto.

B

B: *hacer*/examen

B: ¿Qué está haciendo el chico?

A: Está paseando al perro / a su perro.

B: *leer*/libro

B: ¿Qué está haciendo el chico?

A: Está tocando la guitarra.

B: *hablar*/teléfono

B: ¿Qué están haciendo estos chicos?

A: Están yendo en bicicleta.

B: *jugar*/baloncesto

Tándem Unidad 2

Si no recordáis cómo trabajar con las fichas tándem, mirad la p. 94.

Aquí habláis sobre vuestra rutina diaria. | Hier sprecht ihr über euren Tagesablauf.

A

A: ¡Hola! ¿Cómo es tu rutina por la mañana?

B: ¡Hola! Pues me despierto a las seis y media y me ducho. Me pongo mis vaqueros y una camiseta. Desayuno tranquilo/-a. Luego me pongo mis zapatillas favoritas y salgo de casa a las siete.

A: Yo [...] (*levantarse*), 07:00
[...] (*vestirse*) rápido
[...] (*lavarse*) los dientes
[...] (*salir*) de casa, 07:50
[...] (*comer*) un bocadillo en el autobús

¿Y qué haces por la tarde, después del insti?

B: Por la tarde, voy a extraescolares. Los martes juego al balonmano a las cinco y media y los jueves voy al club de escritura a las seis. Me encanta escribir cuentos.

A: Pues, yo, por la tarde, [...] (*ir*) al parque
[...] (*quedar*) con mis amigos
[...] (*escuchar*/nosotros) música y
[...] (*charlar*/nosotros)
también [...] (*jugar*/nosotros) al baloncesto

¿Qué haces antes de ir a dormir?

B: Después de cenar, a las ocho, escucho música, veo un episodio de mi serie favorita o veo vídeos. Me acuesto a las diez.

A: Yo [...] (*leer*) un cómic,
[...] (*mirar*) las redes, 23:00
[...] (*dormirse*) 23:30

B

A: ¡Hola! ¿Cómo es tu rutina por la mañana?

B: ¡Hola! Pues, [...] (*despertarse*/yo), 06:30
[...] (*ducharse*)
[...] (*ponerse*) vaqueros, camiseta
[...] (*desayunar*) tranquilo/-a
[...] (*ponerse*) zapatillas favoritas
[...] (*salir*) de casa, 07:00

A: Yo me levanto a las siete, me visto rápido. Me lavo los dientes y salgo de casa a las ocho menos diez. Como un bocadillo en el autobús.

B: Por la tarde, [...] (*ir*/yo) a extraescolares
los martes [...] (*jugar*) al balonmano, 17:30
los jueves [...] (*ir*) al club de escritura, 18:00
me [...] (*encantar*) escribir cuentos

¿Y tú? ¿Qué haces por la tarde?

A: Pues, yo, por la tarde, voy al parque. Quedo con mis amigos. Escuchamos música y charlamos. También jugamos al baloncesto.

B: Después de cenar, 20:00, [...] (*escuchar*/yo) música
[...] (*ver*) un episodio, serie favorita o
[...] (*ver*) videos
[...] (*acostarse*) a las 22:00

Y tú, ¿qué haces por la noche?

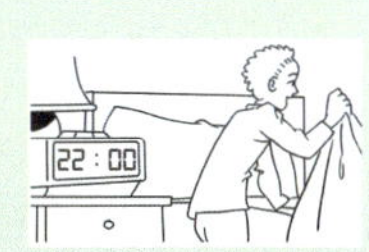

A: Yo leo un cómic, miro las redes sociales a las once y me duermo a las once y media.

Tándem Módulo 3

Si no recordáis cómo trabajar con las fichas tándem, mirad la p. 94.

Estáis en el mercado. **A** vende, **B** compra. | Ihr seid auf dem Markt. **A** verkauft, **B** kauft ein. Erweitert den Dialog!

A

A: ¡Buenos días! ¿Qué te pongo?

B: ¡Buenos días! Necesito dos latas de atún y un paquete de arroz.

A: ¿Algo más?

B: Sí, medio kilo de naranjas y cuatro huevos. ¿Y cuánto cuesta[1] una barra de pan?

A: [...] cuesta 1,20 €. 

B: Muy bien, entonces dos barras de pan, por favor.

A: ¿Algo más?

B: Sí, una botella de aceite, ¿cuánto cuesta?

A: Una [...] cuesta 2,65 € 

B: Ah, también necesito un kilo de tomates.

A: Y [...], muy bien. ¿Algo más? 

B: No, gracias. Eso es todo. ¿Cuánto es en total?

A: Son 14,50 €.

B: Aquí tienes veinte euros.

A: Y 5,50 € de vuelta[2]. Muchas gracias. ¡Adiós!

B: ¡Adiós!

1 **cuesta** *kostet* 2 **de vuelta** *zurück*

B

A: ¡Buenos días! ¿Qué te pongo?

B: ¡Buenos días! Necesito [...]

A: ¿Algo más?

B: Sí, [...] ¿Y cuánto cuesta[1] [...]?

A: Una barra de pan cuesta un euro con veinte céntimos.

B: Muy bien, entonces [...], por favor. 

A: ¿Algo más?

B: Sí, [...]. ¿cuánto cuesta? 

A: Una botella de aceite cuesta dos euros con sesenta y cinco céntimos.

B: Ah, también necesito [...]. 

A: Y un kilo de tomates, muy bien. ¿Algo más?

B: No, gracias. Eso es todo. ¿Cuánto es en total?

A: Son catorce euros con cincuenta céntimos.

B: Aquí tienes 20 €.

A: Y cinco euros con cincuenta de vuelta[2]. Muchas gracias. ¡Adiós!

B: ¡Adiós!

1 **cuesta** *kostet* 2 **de vuelta** *zurück*

Tándem Unidad 4

Si no recordáis cómo trabajar con las fichas tándem, mirad la p. 94.

Con este tándem practicáis el imperativo. | Mit diesem Tandembogen übt ihr den Imperativ.

A	B
A: Hace mucho calor, [...] (*abrir*/tú) la ventana, por favor. B: Claro, pero vosotros, abrid también la puerta.	A: Hace mucho calor, abre la ventana, por favor. **B:** Claro, pero vosotros, [...] (*abrir*) también la puerta.
A: A ver, [...] (*buscar*/vosotros) más información y [...] (preparar/vosotros) una presentación sobre los animales en el desierto. B: De acuerdo, y vosotros, pensad en las fotos y los vídeos.	A: A ver, buscad más información y preparad una presentación sobre los animales en el desierto. **B:** De acuerdo, y vosotros, [...] (*pensar*/vosotros) en las fotos y los vídeos.
A: ¿Quién está en cada grupo? [...] (*escribir*/vosotros) vuestros nombres en una lista. B: Sí, y tú, apunta otra vez la tarea en la pizarra, por favor.	A: ¿Quién está en cada grupo? Escribid vuestros nombres en una lista. **B:** Sí, y tú, [...] (*apuntar*/tú) otra vez la tarea en la pizarra, por favor.
A: Ahora [...] (*repartir*/vosotros) las tareas entre vosotros y [...] (*empezar*/vosotros) a trabajar. B: Escucha a Martina, por favor.	A: Ahora repartid las tareas entre vosotros y empezad a trabajar. **B:** [...] (*escuchar*/tú) a Martina, por favor.
A: Pues ya estamos listos. [...] (*empezar*/tú) con tu presentación. B: Ahora empiezo, escuchad bien, por favor.	A: Pues ya estamos listos. Empieza con tu presentación. **B:** Ahora empiezo, [...] (*escuchar*/vosotros) bien, por favor.
A: Todo muy bien, pero para la próxima vez, [...] (*pensar*/tú) también en el tiempo. B: Es verdad. Chicos, ¿tenéis preguntas? Preguntad todo lo que queréis saber.	A: Todo muy bien, pero para la próxima vez, piensa también en el tiempo. **B:** Es verdad. Chicos, ¿tenéis preguntas? [...] (*preguntar*/vosotros) todo lo que queréis saber.
A: Ahora, [...] (*formar*/vosotros) grupos de tres personas y [...] (*hablar*/vosotros) sobre vuestras mascotas. B: Cuenta otra vez la historia de tu tortuga. Me gusta mucho.	A: Ahora, formad grupos de tres personas y hablad sobre vuestras mascotas. **B:** [...] (*contar*/tú) otra vez la historia de tu tortuga. Me gusta mucho.
A: Claro y si quieres saber más sobre tortugas, [...] (*buscar*/tú) información en Internet. B: Mañana vamos al refugio de animales. Traed agua y bocadillos.	A: Claro, y si quieres saber más sobre tortugas, busca información en Internet. **B:** Mañana vamos al refugio de animales. [...] (*traer*/vosotros) agua y bocadillos.

Tándem Unidad 5

Si no recordáis cómo trabajar con las fichas tándem, mirad la p. 94.

Habláis sobre el fin de semana pasado. | Ihr sprecht über das letzte Wochenende.

A

A: ¿Qué tal el sábado por la noche?

B: El sábado salimos a las ocho para ir al cine. Marta y Miguel decidieron ir a ver una película de ciencia ficción. Nos sentamos y empezó la película. Nos gustó mucho.

A: ¿Y [...] (*escribir*/tú) el artículo sobre la película para la revista del insti después?

B: No, no lo escribí yo, Miguel escribió el artículo. A él le gusta mucho el cine.

A: ¿Y después del cine? ¿[...] (*tomar*/vosotros) algo o [...] (cenar/vosotros) en algún lugar?

B: Sí, comimos algo en la pizzería al lado del cine.

A: ¿Y qué tal? ¿Os [...] (*gustar*) la comida?

B: Sí, muy buena. Marta y yo compartimos una pizza grandísima y bebimos agua. Miguel comió pasta con salsa de tomate[1] y bebió un zumo. Charlamos mucho, hablamos sobre la peli y discutimos el final.

¿Y tú?, ¿qué tal el sábado pasado? ¡Cuéntame!

A: Pues, yo, el sábado pasado [...] (*quedar*/yo) con tres amigas. [...] (*visitar*/nosotras) una exposición sobre arte digital. Allí [...] (*conocer*/nosotras) a dos chicos de Portugal, muy simpáticos. [...] (*tomar*/nosotros) algo en un bar todos juntos.

B: ¡Qué bien! ¿Y el domingo?

A: El domingo [...] (*levantarse*/yo) muy temprano, [...] (*desayunar*/yo) rápido y [...] (*estudiar*/yo) para el examen de Geografía y...

B: ¡Oh no! ¡Olvidé el examen!

1 **la pasta con salsa de tomate** *Nudeln mit Tomatensoße*

B

A: ¿Qué tal el sábado por la noche?

B: El sábado, [...] (*salir*/nosotros) a las ocho para ir al cine. Marta y Miguel [...] (*decidir*/ellos) ir a ver una película de ciencia ficción. [...] (*sentarse*/nosotros) y la película [...] (empezar). Nos [...] (*gustar*/ella) mucho.

A: ¿Y escribiste el artículo sobre la película para la revista del insti después?

B: No, no lo [...] (*escribir*) yo, Miguel [...] (*escribir*) el artículo. A él le gusta mucho el cine.

A: ¿Y después del cine? ¿Tomasteis algo o cenasteis en algún lugar?

B: Sí, [...] (*comer*/nosotros) algo en la pizzería al lado del cine.

A: ¿Y qué tal? ¿Os gustó la comida?

B: Sí, muy buena. Marta y yo [...] (*compartir*/nosotros) una pizza grandísima y [...] (*beber*/nosotros) agua. Miguel [...] (*comer*) pasta con salsa de tomate[1] y [...] (*beber*/él) un zumo. [...] (*charlar*/nosotros) mucho, [...] (*hablar*/nosotros) sobre la peli y [...] (*discutir*/nosotros) el final.

¿Y tú? ¿qué tal el sábado pasado? ¡Cuéntame!

A: Pues, yo, el sábado pasado quedé con tres amigas. Visitamos una exposición sobre arte digital. Allí conocimos a dos chicos de Portugal, muy simpáticos. Tomamos algo en un bar todos juntos.

B: ¡Qué bien! ¿Y el domingo?

A: El domingo me levanté muy temprano, desayuné rápido y estudié para el examen de Geografía y...

B: ¡Oh no! ¡[...] (*olvidar*/yo) el examen!

1 **la pasta con salsa de tomate** *Nudeln mit Tomatensoße*

Alumno/Alumna A

A

Unidad 1, ejercicio 10, p. 17

Ihr übt, euch gegenseitig vorzustellen. Du beginnst.

1. Sage wie du heißt, wie alt du bist und wo du wohnst. Frage **B** nach dem Namen, dem Alter und dem Wohnort.
3. Beantworte die Fragen von **B**. Frage nun, welche Stärken **B** hat.
5. Beantworte die Frage von **B** und sage, dass du gern Spanisch sprichst. Frage, ob **B** auch Fremdsprachen mag.
7. Beantworte die Frage von **B** zu deinen Geschwistern. Hat **B** Brüder oder Schwestern?
9. Antworte **B**, dass du gern am Austausch teilnehmen willst.
11. Verabschiede dich auch freundlich.

A

Unidad 2, ejercicio 6, p. 28

Ihr sprecht über AGs. Du beginnst.

1. Hier ist die Liste der AGs. Dich interessiert der Kochkurs, weil du sehr gerne kochst.
3. Du findest Zeichnen auch ziemlich lustig. Schlage vor, dass ihr zusammen hingehen könnt.
5. Leichtathletik gefällt dir nicht. Du magst Handball oder Fußball lieber.
7. Einverstanden. Also du wirst zu Fußball gehen. Gabriel geht zum Chor. Frage, ob **B** auch Musik mag.
9. Du singst auch nicht gern, aber den Leseclub findest du genial.
11. Dann könnt ihr da ja auch gemeinsam hingehen. Bis morgen!

A

Unidad 3, ejercicio 9, p. 54

Du bist mit B auf einer Wanderung durch Galicien. Du beginnst das Gespräch.

1. Du hast „superviel" Hunger und fragst, ob **B** etwas zu essen hat.
3. Empanada Gallega kennst du nicht. Frage **B**, ob sie besser ist als das belegte Brötchen.
5. Dann nimmst du gern die Empanada. Frage **B**, ob ihr unter diesem Baum hier essen wollt.
7. Der Weg zum See aber ist „superlang", du isst lieber hier.
9. Na gut, du bist einverstanden. Aber du bist „supermüde". Sage **B**, dass du nicht mehr viel wandern willst.
11. Wie schön! Du denkst schon an dein Bett.

A

Unidad 4, ejercicio 11, p. 65

Ihr seid Geschwister und sprecht über eure Probleme. Du beginnst.

1. **B** sieht traurig aus (*parecer*). Was ist los?
3. Frage nach, worüber **B** mit den Eltern streitet/diskutiert. Was ist das Problem?
5. Aber das ist doch normal, oder? Du möchtest **B** helfen, das Problem zu lösen und bietest an, gemeinsam mit den Eltern zu sprechen.
7. **B** kann mit den Eltern feste Handyzeiten verabreden (*fijar tiempo para el móvil*). **B** kann auch mehr lernen, um bessere Noten zu haben.
9. Ganz ruhig, du hilfst **B** gerne. Du bist für sie/ihn da.
11. Na gut ... frage, was **B** wissen will.

Alumno/Alumna B

B

Unidad 2, ejercicio 6, p. 28

Ihr sprecht über AGs. A beginnt.

2. Kochen interessiert dich nicht so sehr. Du bevorzugst den Kunstkurs, weil du Zeichnen genial findest.
4. Ja, „wie cool“. Dann geht ihr zusammen. Du machst auch sehr gern Sport. Du möchtest einen Sportkurs belegen. Dir gefallen Leichtathletik und Schwimmen.
6. Handball magst du nicht. Du glaubst, du wirst Schwimmen wählen.
8. Gabriel geht zum Chor? Na ja, du magst Musik auch, aber du singst nicht gern.
10. Ja, stimmt! Lesen gefällt dir auch.
12. Das ist cool! Ja, ihr könnt gemeinsam gehen. Bis morgen!

B

Unidad 1, ejercicio 10, p. 17

Ihr übt, euch gegenseitig vorzustellen. A beginnt.

2. Antworte auf die Fragen von **A**. Frage **A** dann auch nach dem Namen, dem Alter und dem Wohnort.
4. Erzähle **A** von deinen Stärken und frage deinerseits, welche Stärken **A** hat.
6. Antworte, dass dir auch Fremdsprachen gefallen. Frage, ob **A** Brüder oder Schwestern hat.
8. Beantworte die Frage von **A** zu deinen Geschwistern. Frage, ob **A** auch am Austausch teilnehmen will.
10. Sage „wie schön!“ und verabschiede dich freundlich mit „bis bald“.

B

Unidad 4, ejercicio 11, p. 65

Ihr seid Geschwister und sprecht über eure Probleme. A beginnt.

2. Du hast Probleme mit den Eltern. Ihr streitet (*discutir*) viel miteinander.
4. Du hast schlechte Noten in der Schule. Die Eltern sagen, dass du sehr viel Zeit am Handy bist und dass du dich immer mit deinen Freunden triffst.
6. Du reagierst positiv und dankst **A** für die Hilfe. Aber das ist nicht so einfach (*tan fácil*). Was kannst du den Eltern sagen?
8. Einverstanden, feste Handyzeiten vereinbaren (*fijar tiempo para el móvil*) ist eine gute Idee. Aber du hast Schwierigkeiten mit den Hausaufgaben in Englisch und Geschichte.
10. Oh, das ist toll! Du bedankst dich. Kannst du **A** gleich etwas zu Englisch fragen?

B

Unidad 3, ejercicio 9, p. 54

Du bist mit A auf einer Wanderung durch Galicien. A beginnt das Gespräch.

1. Antworte, dass du etwas Empanada Gallega und ein belegtes Brötchen hast, und frage, was **A** haben will.
4. Klar, die Empanada ist besser und außerdem ist sie typischer für Galicien.
6. Na ja, jener Ort dort, neben dem See, ist schöner. Frage **A**, ob ihr dort hingehen wollt.
8. Frage, ob **A** den Felsen dort sieht? Dort scheint die Sonne und es ist wärmer als im Schatten unter diesem Baum hier.
10. Du bist auch müde. Frage, ob **A** diesen „superhohen“ Kirchturm sieht. Da wird eure Wanderung heute enden.
12. Ach ja?! Du denkst schon an morgen!

Unidad 1

Gramática

1 1. **Están nadando.** 2. **Están comiendo. / Están descansando.** 3. **Están jugando al fútbol.** 4. **Está leyendo.**

2 A Lili e Ismael **les gusta** mucho leer. A mi amiga Álex **le gusta** el fútbol. A Pau también **le gusta** hacer deporte. A mí **me gusta** escuchar música. Y a nosotros **nos gusta** bailar. Y a ti, ¿qué **te gusta**? ¿Qué **os gusta** hacer el fin de semana?

3 Hoy no es un **mal** día para ir al parque: hace muy **buen** tiempo. Ismael tiene una **buena** idea: jugar a las cartas. Él es bastante **mal** jugador, pero es **buen** perdedor. Lili y Nora son **buenas** jugadoras, pero Álex es bastante **mala** jugadora.

4 –Por la tarde, **juego** a la pelota. Y tú, ¿**juegas** con el perro en el parque?
Álex **juega** al fútbol con su hermana Lola. Pau e Ismael **juegan** al baloncesto.
–¿Vosotras **jugáis** al pádel? –No, nosotras **jugamos** a las cartas.

5 **Álex:** **Traigo** fruta para el pícnic. Lili, ¿qué **traes** tú?
Lili: **Traigo** golosinas y agua. Pau e Ismael, y vosotros, ¿qué **traéis**?
Ismael: Nosotros **traemos** bocadillos de tortilla. Y Nora **trae** zumo.

Unidad 2

Gramática

1
1. **Todas las** mañanas desayuno rápido.
2. **Todos los** alumnos de mi clase juegan al futbol.
3. **Todos los** días como un bocadillo en la cafetería.
4. **Toda la** semana hace buen tiempo.

2

	elegir	vestirse
[yo]	**elijo**	**me visto**
[tú]	**eliges**	**te vistes**
[él/ella]	**elige**	**se viste**
[nosotros/-as]	**elegimos**	**nos vestimos**
[vosotros/-as]	**elegís**	**os vestís**
[ellos/ellas]	**eligen**	**se visten**

3
1. A mí **me interesan las manualidades.**
2. A ti **te encantan las artes plásticas.**
3. A Lili **le parece genial el baile.**
4. A nosotras **nos encanta el baloncesto.**
5. A vosotros **os parece genial la robótica.**
6. A Pau y a Álex **les interesa el coro.**

4
1. Nosotros **nos acostamos** tarde durante las vacaciones.
2. Tú **te estresas** cuando tienes un examen, ¿verdad?
3. Mis abuelos **se duermen** temprano los fines de semana.
4. Yo **me preparo** para ir al instituto.
5. Lili **se despierta** a las seis de la mañana todos los días.
6. Vosotras **os sentáis** en el sofá para charlar.

Unidad 3

Vocabulario

1 En el primer plano está la **playa.** ¡Hay muchísima gente! En el **mar** hay olas. A la derecha hay un **edificio** moderno. En el centro hay un **bosque.** Al fondo hay **montañas** y, a la izquierda, vemos el **horizonte.** El cielo es azul y no hay **nubes.**

Gramática

2 Lina es **la más tranquila.**
Lui es **el más grande.**
Lara es **la más inteligente.**
Lucho es **el menos simpático.**

3
1. Madrid es **más grande que** Barcelona, pero es **menos antigua.** Cádiz es la ciudad **más antigua** de España.
2. La Alhambra de Granada es **tan famosa como** la Sagrada Familia de Barcelona.
3. Las playas de Galicia son **menos conocidas que** las de Mallorca.

4
1. – Este boli no va bien. ¿Tienes **otro**? –No, pero tengo **otra** cosa, mira este lápiz.
2. – ¿Seguro que Lili vive aquí? ¿No es **otra** calle? –No, no, es esta calle, pero es **otro** número.
3. – Estos juegos son muy aburridos. ¿No podemos jugar a **otros** juegos o hacer **otras** actividades?

5
1. – ¿Tienes el zumo? –Sí, aquí **lo** tengo. –¿Y los bocadillos? –También **los** tengo.
2. – Lili, Ismael, ¿dónde estáis? No **os** veo. –Pero mamá, estamos al lado de la iglesia, ¿no **nos** ves?
3. – Pau, ahora no puedo. ¿**Me** llamas más tarde? –Claro, Álex, **te** llamo luego.

Unidad 4

Gramática

1
1. A Lili **le** gusta pasear con Chispa en el parque.
2. A mí **me** encanta bailar.
3. ¿A vosotras **os** parece bien ir a la playa esta tarde?
4. A Ismael **le** interesan mucho los cómics.
5. A Nora y a su hermano **les** encanta ir al cine juntos.
6. ¿A ti **te** gusta la música de Sofía Ellar?
7. A nosotros **nos** parece estupendo tener una mascota.

2
1. Nora, **limpia** tu habitación, por favor.
2. Martín, **escribe** un mensaje a la abuela.
3. Martín y Nora, **comprad** la comida para esta tarde.
4. Nora y Martín, **poned** la mesa para la cena, por favor.
5. Y Nora, ¡**piensa** en los deberes para mañana!

3
1. **En la clase no hay nadie. / No hay nadie en clase.**
2. **Luisa no come nunca pescado. / Luisa nunca come pescado.**
3. **Pablo nunca ayuda en casa. / Pablo no ayuda nunca en casa.**
4. **A los chicos nada les gusta. / No les gusta nada a los chicos. / A los chicos no les gusta nada.**

4
1. **Nora dice que quiere salir con sus amigos.**
2. **Martín dice que está aquí/allí para Nora/ella.**
3. **Lili pregunta dónde está Chispa.**
4. **La abuela pregunta si van a comer a su casa.**

Unidad 5

Gramática

1 El sábado, Nora y yo **pasamos** dos horas en el parque. Yo **descansé** en un banco, **comí** un bocadillo y escribí mensajes. Nora **compró** dos helados y **charló** con el vendedor. Luego **bebimos** algo y **comimos** helado. **Conocimos** a dos chicos: Yésica y Leandro. Nos **invitaron** a jugar al baloncesto con ellos. Al final del día, nosotros **volvimos** a casa cansados, pero contentos. Yésica y Leandro se **quedaron** todavía en el parque. Más tarde nos **llamaron** y **quedamos** el próximo sábado.

2 Álex: Yo **leí** *Memorias de Idhún* en el verano. ¿Tú lo **leíste** también?
Maite: Todavía no, pero mis primas lo **leyeron** y les gustó mucho.
Álex: A mi hermano le encantan los libros de ciencia ficción. Él **leyó** *Dune* en agosto.
Maite: Ah, es muy famoso. ¿También **vieron** las películas?
Álex: Yo **vi** solo la primera parte, pero mi hermano **vio** las dos partes. ¿Tú las **viste** también?
Maite: Sí, **vimos** las dos películas con toda la familia, ¡son impresionantes!

3 Ayer **fue** un día fantástico porque Carlos **tuvo** la idea genial de ir a la playa con mis tíos. **Fuimos** muy temprano. Mis primas **estuvieron** muy contentas. Lola **hizo** un castillo de arena y yo **estuve** todo el día debajo de la sombrilla. **Hicimos** muchos juegos con la pelota. Todo **fue** perfecto y **volvimos** a casa felices. Y tú, ¿adónde **fuiste**? ¿Qué **hicisteis**? ¿**Estuvisteis** también en la playa?

Bildquellenverzeichnis

S. 2: PEFC Deutschland e.V.; S. 3: Cornelsen/Marc Rueda; S. 4: Cornelsen/Rafael Broseta Gaudisa; S. 6/o.: Shutterstock.com/Olesia Bilkei; S. 6/u.: Cornelsen/Lucentum Digital/Chema Bazan; S. 7: Cornelsen/Laurent Lalo; S. 8/m.l.: Shutterstock.com/Corepics VOF; S. 8/m.m.: Shutterstock.com/Tutatamafilm; S. 8/m.r.: Shutterstock.com/ShotPrime Studio; S. 8/o.l.: www.colourbox.de/Colourbox. com; S. 8/o.m.: Shutterstock.com/alexei_tm; S. 8/o.r.: Shutterstock.com/Almazova; S. 10/Emoji: Shutterstock.com/illusionix; S. 10/Junge: Cornelsen/Lucentum Digital/Chema Bazan; S. 10/o.: Cornelsen/Marc Rueda; S. 11/o.: Shutterstock.com/Sarawut Aiemsinsuk; S. 11/u.: Cornelsen/Marina Pérez Luque, Advocate Art; S. 12/o.l.: Shutterstock.com/Nutthaseth Van; S. 12/o.m.: Shutterstock.com/PavleMarjanovic; S. 12/o.r.: mauritius images/Hemis.fr; S. 12/u.l.: Shutterstock.com/Romas_Photo; S. 12/u.m.: Shutterstock.com/Roberto Tetsuo Okamura; S. 12/u.r.: Shutterstock.com/JCStudio; S. 13/o.: Cornelsen/Marina Pérez Luque, Advocate Art; S. 13/u.: stock.adobe.com/mariesacha; S. 14: Cornelsen/Marina Pérez Luque, Advocate Art; S. 15/m.l.: Shutterstock.com/Alluvion Stock; S. 15/m.r.: mauritius images/Anton Dos Ventos/Alamy; S. 15/o.l.: Shutterstock.com/Almazova; S. 15/o.r.: Shutterstock.com/Alexander Raths; S. 15/u.l.: Shutterstock.com/Jose L. Stephens; S. 15/u.r.: Shutterstock.com/LedyX; S. 16/5.1-3: Cornelsen/Lucentum Digital/Chema Bazan; S. 16/6.a: Cornelsen/Marina Pérez Luque, Advocate Art; S. 17/Flagge m.: Shutterstock.com/SmileStudio; S. 17/Flagge r.: www.colourbox.de/Colourbox. com; S. 17/u.: Cornelsen/Marina Pérez Luque, Advocate Art; S. 18/Ikon gezackte Gedankenblase: mauritius images/Liudmila Baskelovich/Alamy/Alamy Stock Photos; S. 18/Ikon Herz: Cornelsen/graphitecture book & edition; S. 18/Ikon Sonne: Depositphotos/Elena Voynova; S. 18/o.: Cornelsen/Laurent Lalo; S. 19/Shutterstock.com/Sasha Al; S. 19/Emoji: Shutterstock.com/illusionix; S. 19/Ikon Hand: @webalys under the Creative Common Attribution licence; S. 19/Ikon Kamera: stock.adobe.com/Atlantis; S. 19/Ikon Sonne: Depositphotos/Elena Voynova; S. 20/Emoji: Shutterstock.com/illusionix; S. 21: Cornelsen/Marina Pérez Luque, Advocate Art; S. 22/Blaue Blüten: stock.adobe.com/Ralf Schultheiss, Bahnhofstr.13A, Antweiler/RalfenByte; S. 22/Eisbär: Shutterstock.com/Alexey Seafarer; S. 22/Elefant: Imago Stock & People GmbH/Zoonar/xZoonar.com/AntonxStarikovx 12048595; S. 22/Herz: Shutterstock.com/Runrun2; S. 22/Käfer: Shutterstock.com/irin-k; S. 22/Kokusnuss: Shutterstock.com/Svetlana Serebryakova; S. 22/Melone: Shutterstock.com/jamakosy; S. 22/Orange: Shutterstock.com/Natthapol Siridech; S. 22/Rose: stock.adobe.com/Marty Kropp; S. 22/u.: Cornelsen/Marina Pérez Luque, Advocate Art; S. 22/Zitrone: Shutterstock.com/Maks Narodenko; S. 23: Cornelsen/Rafael Broseta Gaudisa; S. 24/1: Shutterstock.com/Anfisa Che; S. 24/2: Shutterstock.com/ifong; S. 24/3: Shutterstock.com/lassedesignen; S. 24/Ikon Fußball: Shutterstock.com/Oleksandr Poliashenko; S. 24/Ikon Kamera: Shutterstock.com/OLIVEIA; S. 24/Ikon Sportler: Shutterstock.com/Saz Digital; S. 24/l.2.+5.v.o. + m.o. + r.3.v.o.: Shutterstock.com/davooda; S. 24/l.3.v.o. + m.3.v.o.: Shutterstock.com/Skylines; S. 24/l.4.v.o.: Shutterstock.com/bsd studio; S. 24/l.o.: Shutterstock.com/Drk_Smith; S. 24/m.2.v.o.: Shutterstock.com/Azindianlany; S. 24/m.4.v.o.: Shutterstock.com/VoodooDot; S. 24/m.5.v.o.: Shutterstock.com/graficriver_icons_logo; S. 24/r.4.v.o.: Shutterstock.com/Oxy_gen; S. 25/2.+8.v.l.: Shutterstock.com/davooda; S. 25/3.+5.v.l.: Shutterstock.com/Saz Digital; S. 25/4.v.l.: Shutterstock.com/Oxy_gen; S. 25/6.v.l.: Shutterstock.com/bsd studio; S. 25/7.v.l.: Shutterstock.com/Oleksandr Poliashenko; S. 25/9.v.l.: Shutterstock.com/Azindianlany; S. 25/l.: Shutterstock.com/OLIVEIA; S. 25/r.: Shutterstock.com/Drk_Smith; S. 26: Cornelsen/Lucentum Digital/Chema Bazan; S. 27/Herz: Cornelsen/graphitecture book & edition; S. 27/Personen: Cornelsen/Rafael Broseta Gaudisa; S. 28/o.: Cornelsen/Marina Pérez Luque, Advocate Art; S. 28/u.: Cornelsen/Laurent Lalo; S. 29: Cornelsen/Laurent Lalo; S. 30: Cornelsen/Rafael Broseta Gaudisa; S. 31: Cornelsen/Rafael Broseta Gaudisa; S. 32: Cornelsen/Marina Pérez Luque, Advocate Art; S. 33/Emoji: Shutterstock.com/stas11; S. 33/m.r.: Shutterstock.com/Gino Santa Maria; S. 33/o., Hintergrund: Shutterstock.com/Igor Link; S. 33/u.r.: Shutterstock.com/CandyBox Images; S. 34: Cornelsen/Rafael Broseta Gaudisa; S. 35/2.v.o.: Shutterstock.com/cheapbooks; S. 35/3.v.o.: Shutterstock.com/lenetstan; S. 35/4.v.o.: Shutterstock.com/stockyimages; S. 35/o.: Shutterstock.com/Andy Dean Photography; S. 35/u.: Shutterstock.com/Daniel M Ernst; S. 36/m.+u.: Shutterstock.com/Oakozhan; S. 36/o.: Shutterstock.com/Nikolai V Titov; S. 37/Ikon Hand: @webalys under the Creative Common Attribution licence; S. 37/o.r.: Cornelsen/Rafael Broseta Gaudisa; S. 38/1: Shutterstock.com/Traveller70; S. 38/10: Shutterstock.com/trabantos; S. 38/2: Shutterstock.com/underworld; S. 38/3: Shutterstock.com/AXL; S. 38/4: Shutterstock.com/stoyanh; S. 38/5: Shutterstock.com/Radu Bercan; S. 38/6: Shutterstock.com/S.Borisov; S. 38/7: Shutterstock.com/Walter Erhardt; S. 38/8: Shutterstock.com/Svetlana Chekhlova; S. 38/9: Shutterstock.com/Giuma; S. 39/A: Shutterstock.com/Thawornnurak; S. 39/B: Shutterstock.com/ohne Titel; S. 39/C: Shutterstock.com/12bit; S. 39/o.l.: stock.adobe.com/Lorena Cirstea_Photography/LorenaCirstea; S. 39/o.m.: Shutterstock.com/KikoStock; S. 39/o.r.: Shutterstock.com/Berto Losa; S. 39/u.l.: Cornelsen/Marina Pérez Luque, Advocate Art; S. 39/u.r.: Cornelsen/Marina Pérez Luque, Advocate Art; S. 40/o.l.: Shutterstock.com/Artur Bogacki; S. 40/o.m.: Shutterstock.com/Mariusz Stanosz; S. 40/o.r.: mauritius images/age fotostock; S. 40/u.l.: Shutterstock.com/Alberto Loyo; S. 40/u.m.: Shutterstock.com/Jacinto Marabel Romo; S. 40/u.r.: Shutterstock.com/Jose Ignacio Soto; S. 41/o.: Cornelsen/Marina Pérez Luque, Advocate Art; S. 41/u.: Shutterstock.com/Mimadeo; S. 42: stock.adobe.com/powell83; S. 43/m.: Shutterstock.com/Ingrid Balabanova; S. 43/o.: stock.adobe.com/Copyright: Iakov Filimonov/JackF; S. 43/u.: Shutterstock.com/HandmadePictures; S. 44/o.: Shutterstock.com/mehdi33300; S. 44/u.: Cornelsen/Marina Pérez Luque, Advocate Art; S. 45: Cornelsen/Marina Pérez Luque, Advocate Art; S. 46: Cornelsen/Marc Rueda; S. 47/Emoji: Shutterstock.com/stas11; S. 47/u.: Cornelsen/Marina Pérez Luque, Advocate Art; S. 49: Shutterstock.com/Lickomicko; S. 50/o.: Shutterstock.com/GoodStudio; S. 50/u.: Shutterstock.com/Julia Anisimova; S. 51: Cornelsen/Marina Pérez Luque, Advocate Art; S. 52: Shutterstock.com/Oakozhan; S. 53/l.: Cornelsen/Marina Pérez Luque, Advocate Art; S. 53/r.: stock.adobe.com/Marcus Retkowietz; S. 54/Baguett: Shutterstock.com/Agapov Fedor; S. 54/Handyrahmen: Shutterstock.com/Carkhe; S. 54/Kartoffeln: Shutterstock.com/Avocado_studio; S. 54/Milch: Shutterstock.com/Alberto Masnovo; S. 54/Öl: Shutterstock.com/Tarzhanova; S. 54/Reis: Shutterstock.com/Bruno-Nunes; S. 54/Thunfisch: Shutterstock.com/Pixel-Shot; S. 55: Shutterstock.com/VasiliyBudarin; S. 56/1.+2.+4.+10.+12.v.o.: Shutterstock.com/Blan-k; S. 56/3.v.o.: stock.adobe.com/conartline; S. 56/5.+7.+11.+13.v.o. + u.: stock.adobe.com/blankstock; S. 56/6.v.o.: Shutterstock.com/mary_stocker; S. 56/8.v.o.: stock.adobe.com/dariachekman; S. 56/9.v.o.: stock.adobe.com/berkahlineart; S. 57: Cornelsen/Lucentum Digital/Chema Bazan; S. 58: Cornelsen/Marina Pérez Luque, Advocate Art; S. 59/o.: Shutterstock.com/Chendongshan; S. 59/u.: stock.adobe.com/eyetronic; S. 60/1: Shutterstock.com/Sonsedska Yuliia; S. 60/2: Shutterstock.com/mariait; S. 60/3: Shutterstock.com/Happy monkey; S. 60/4: Shutterstock.com/prapass; S. 60/5: Shutterstock.com/New Africa; S. 60/o.: Shutterstock.com/Milles Studio; S. 61/Emoji: stock.adobe.com/Sughra; S. 61/m.l.: Shutterstock.com/Oscity; S. 61/m.r.: Shutterstock.com/pattarawat; S. 61/o.+u.: Shutterstock.com/Chief Crow Daria; S. 63/o.: Cornelsen/Lucentum Digital/Chema Bazan; S. 63/u.: Shutterstock.com/Cosmic_Design; S. 64: Cornelsen/Marina Pérez Luque, Advocate Art; S. 66/u.l.: Cornelsen/Lucentum Digital/Chema Bazan; S. 66/u.l.: stock.adobe.com/skarin; S. 67: Cornelsen/Rafael Broseta Gaudisa; S. 69: Cornelsen/Lucentum Digital/Chema Bazan; S. 70/o.: stock.adobe.com/Copyright: Artur Bogacki/Artur Bogacki; S. 70/u.: Cornelsen/Rafael Broseta Gaudisa; S. 71: Cornelsen/Marina Pérez Luque, Advocate Art; S. 72/Flagge l.: stock.adobe.com/Beibeinside; S. 72/Flagge m.: Shutterstock.com/Julinzy; S. 72/Ikon o.l.: Shutterstock.com/32 pixels; S. 73: stock.adobe.com/Tarik GOK; S. 74: Shutterstock.com/Diego Grandi; S. 75: stock.adobe.com/stock.adobe.comsimone_n; S. 77/m.r.: imago sport; S. 77/o.+u.: Shutterstock.com/Mauromod; S. 78/m.l.: Shutterstock.com/R.M. Nunes; S. 78/m.m.: Shutterstock.com/Enselme Arthur; S. 78/m.r.: stock.adobe.com/Toniflap; S. 78/o.: Shutterstock.com/Angela N Perryman; S. 78/u.l.: stock.adobe.com/ggfoto; S. 78/u.m.: Shutterstock.com/Larisa Blinova; S. 78/u.r.: Shutterstock.com/meunierd; S. 79/3.v.o.: Cornelsen/Laurent Lalo; S. 79/außer 3.v.o.: Cornelsen/Rafael Broseta Gaudisa; S. 80: Shutterstock.com/Sanches11; S. 81/m.: Cornelsen/Marina Pérez Luque, Advocate Art; S. 81/o.r.: Shutterstock.com/aldl; S. 81/u.r.: stock.adobe.com/Pedro Suarez; S. 83/1: Shutterstock.com/Galyna Andrushko; S. 83/2: Shutterstock.com/Jose Calsina; S. 83/3: Shutterstock.com/ESB Professional; S. 83/4: mauritius images/Cavan Images; S. 84: Cornelsen/Rafael Broseta Gaudisa; S. 86: Cornelsen/Laurent Lalo; S. 89: Cornelsen/Marina Pérez Luque, Advocate Art; S. 90: Cornelsen/Marc Rueda; S. 91: Cornelsen/Marc Rueda; S. 92: Cornelsen/Marc Rueda; S. 93: Cornelsen/Marc Rueda; S. 94: Cornelsen/Rafael Broseta Gaudisa; S. 95: Cornelsen/Rafael Broseta Gaudisa; S. 96: Cornelsen/Rafael Broseta Gaudisa